〔俄〕契诃夫 | Anton Chekhov | ——

—— 著

冯健——

译

作弄

A Joke

L 辽宁人民出版社

图书在版编目（CIP）数据

作弄 /（俄罗斯）契诃夫著；冯健译 . —沈阳：辽宁人民出版社，2020.4

ISBN 978-7-205-09812-4

Ⅰ . ①作… Ⅱ . ①契… ②冯… Ⅲ . ①短篇小说—小说集—俄罗斯—近代 Ⅳ . ① I512.44

中国版本图书馆 CIP 数据核字（2019）第 285604 号

出版发行：辽宁人民出版社
　　　　　地址：沈阳市和平区十一纬路 25 号　邮编：110003
　　　　　电话：024-23284321（邮　购）　024-23284324（发行部）
　　　　　传真：024-23284191（发行部）　024-23284304（办公室）
　　　　　http://www.lnpph.com.cn
印　　刷：天津旭丰源印刷有限公司
幅面尺寸：145mm × 210mm
印　　张：7
字　　数：132 千字
出版时间：2020 年 4 月第 1 版
印刷时间：2020 年 4 月第 1 次印刷
责任编辑：祁雪芬
封面设计：吉冈雄太郎
版式设计：新视点
责任校对：耿　珺
书　　号：ISBN 978-7-205-09812-4

定　　价：39.80 元

译者序

大多数中国读者通过语文课本认识了契诃夫。悲惨的小凡卡、变色龙奥楚蔑洛夫和套中人别里科夫给我们留下了深刻印象。

但是，好像我们对契诃夫的了解也只停留在了课本，其实大多数人都不知道契诃夫是一个写作类型颇丰，情感丰沛且性格可爱幽默的作家。他的主业也并非写作，而是一名医生。

1860年，契诃夫出生于俄罗斯帝国罗斯托夫州亚速海边的塔甘罗格。祖父和父亲曾经都是农奴。凭借自己的勤劳和智慧，祖父当上了地主家糖厂经理，并陆续积累了一笔钱，终于在1841年为全家赎身。后来，父亲经营杂货店。可经营十分惨淡，因此契诃夫从小生活十分艰难。而全家人对东正教十分虔诚甚至狂热，这对契诃夫后来悲天悯人的性格有着很深的影响。

契诃夫不喜欢抛头露面，总是勤勤恳恳地写作，默默无闻地做事。对于婚姻问题，他曾经说过："演员和艺术家从来就不应该结婚。每个艺术家、演员和作家只会爱自己的艺术，整个身心都倾注于艺术，怎么可能还有夫妻之爱？"他多次表示："我不想和谁结婚，我要是和妻子在一起，一定很寂寞。"他觉得妻子和家庭生活会成为"爱的牢笼"，自己无法与这种世俗生活相容。但是后来他的态度竟有所改变。41岁时，契诃夫和莫斯科艺术剧院才华横溢的女演员奥尔加·列昂纳多夫娜·克尼碧尔结婚。3年后，契诃夫因病去世，克尼碧尔终生未再嫁。

契诃夫的小说紧凑精练，言简意赅，给读者以独立思考的余地。他坚持现实主义传统，注重描写俄国人民的日常生活，塑造具有典型性格的小人物，真实地反映了当时俄国的社会状况。契诃夫生活的时代正是俄国革命的前夜，他义不容辞地成为俄国历史变革的先锋。有趣的是，即使以爱情为题材的小说，契诃夫同样悲天悯人、不忘苍生。而此次出版的契诃夫爱情短篇小说集，也是希望读者们对这位小说天才有一个全新认识，更希望大家通过契氏的爱情小说，对爱情之下的人性有更加深刻的体认。

本书收录了契诃夫14篇爱情小说：《爱情》《不幸》《出阁》《大沃洛佳和小沃洛佳》《带小狗的女人》《画家的故事》《挂在脖子上的安娜》《坏孩子》《佳人》《散戏以后》《韦罗奇卡》《幸福的人》《关于爱情》和《作弄》。

《画家的故事》主人公浪荡世间，寻觅永恒眷恋。但他心怀远大理想，支持从思想层面解救当时的劳苦人民，言谈中，不经意阐述了较为深刻的社会主义理论。文末"米修斯,你在哪儿?"扣人心扉。一方面,画家在呼唤恋人。另一方面,那又何尝不是契诃夫在呼唤俄国革命的未来?

《出阁》主人公在结婚前,受朋友启迪选择逃婚,去大城市见识了更为广阔的世界,反映了旧社会女子冲破家庭枷锁的勇气和新时代女性的思考。主人公获得了新生,启迪者却因肺结核离开人世。巧合的是,契诃夫也因肺结核英年早逝,难道他就是那位"启迪者"?

在成人世界,婚外恋无法回避,是是非非、众说纷纭。《不幸》的贵太太遇见真爱,决定偷情,最终情感战胜理智。《大沃洛佳和小沃洛佳》正是永远困扰女人的两种情人。《关于爱情》提出了出轨前待解的课题。男主人公追逐《带小狗的女人》,两人已婚,却相互爱恋,最终陷入困境,无法摆脱。虽然涉及婚外恋,但契诃夫笔下的人物绝不猥琐,皆有困扰,因为他们都是普通人。

契诃夫描写少女、恋人和新郎,笔触细腻,让人身临其境、忍俊不禁:

少女怀春,思绪乱飞(《散戏以后》);

沉鱼落雁,有人追随(《佳人》);

卿卿我我,可要当心(《坏孩子》);

新婚燕尔,啼笑皆非(《幸福的人》)。

在《作弄》和《韦罗奇卡》中，女主人公落花有意，男主人公却流水无情。前者构思奇妙，"我"借风之语作弄女主人公，最后却有"年少不更事，千绪常萦身。如今万事开，少年已不再"的感慨；后者反映了男性女性爱情观的错位，奥格涅夫与韦罗奇卡邂逅让人怦然心动，但是当韦罗奇卡主动表白爱情后，奥格涅夫却不知所措，反而觉得爱情变了味，于是选择了退缩。

金钱或爱情，很多女孩都会面临艰难抉择。18岁姑娘，出身下层阶级，被迫嫁给52岁富裕文官，最终凭借美貌步入上流社会，而家人却渐渐淡出了她的视线（《挂在脖子上的安娜》）。女主人公一旦满足了金钱的欲望，就会渴望真正的爱情，探索灵魂的归属，这让她十分苦恼（《大沃洛佳和小沃洛佳》）。

契诃夫很欣赏夫妻之间的包容，首篇《爱情》就表达了这样的思想。契诃夫去世后，妻子终生未再嫁，那又是怎样一种包容？

感谢出版社的选题，让我们能够从一个新的视角了解契诃夫。本书根据英文版转译，同时还参考了汝龙（1916—1991）《契诃夫小说全集》汉译版（上海译文出版社），在此谨向翻译前辈致敬！

再次感谢出版社及本书编辑的辛勤劳动！

冯健

2019年8月底于重庆

目 录

爱　情

爱情本身又该如何解释呢？说真的，我也不知道。

"凌晨三点。四月的夜晚，伫立窗前，那么温柔；天上的繁星，凝视着我，那么深情。我太幸福了，睡不着觉！

　　"我的全身，从头到脚，十分奇妙，不可思议。这会儿难以分辨，没有工夫，也懒得去分辨，不管它了。是啊，如果从钟楼一头扎下来，或者听说自己中了二十万卢布彩票，这时候你能说出自己的感受吗？能做得到吗？"

　　我爱上了萨莎，一个十九岁的姑娘。写给她的情书大概就是这样开头的。开头我写了五遍，每次写完又撕了，一张信纸全部划掉，然后重新抄一遍。写这封信，差不多可以写一篇小说了，而且还要赶着交稿。这倒不是因为我要把这封信写得更细腻、更热烈、更长一些，而是因为当我坐在安静的书房里，凝视窗外时，我的思绪不禁信马由缰，希望一直写下去，没有尽头。字里行间有她的倩影。似乎很多精灵和我同桌，也在写信，也像我那样天真快乐，傻里傻气，面带微笑。我一边写信，一边打量我的手。上次她压了一下，现在还有点疼，不过很温馨。转移视线，我看见那绿色旁门的格子。我和萨莎告别时，她会透过格子看着我。和她道别时，什么也不想，只是欣赏她的背影，就像每个正派男人倾慕漂亮女人一样。透过格子，看见她的两只大眼睛，我终于明白我恋爱了。这是天作之合，按部就班，该做什么就做什么。

我把情书封好，慢慢地穿上衣服，悄悄地走出家门，轻轻地投入邮筒。还有什么比这更开心的呢？天上没有了星星，东方露出了一条长长的鱼肚白；昏暗的屋顶上方，几片云彩点缀其间。鱼肚白慢慢扩散，天快亮了。整个城市还在沉睡，不过水车已经出来了，远处的工厂响起了汽笛声，工人们要起床了。站在湿漉漉的邮筒旁，你会看见一个守夜人，身穿钟形皮袄，拄着手杖，十分笨拙。他全身僵硬，似睡非睡、似醒非醒。

如果邮筒知道它能决定人的命运，就不会如此谦卑。至少我就差点亲吻它了。我打量着，心想邮政才是世界最大的恩赐！

如果你曾经坠入爱河，我恳求你记住：情书投进邮筒后，你如何急急忙忙跑回家，迅速钻入被窝，相信明天一早醒来，就会想起昨天发生的每件事情，就会兴奋地望着窗户，而白天的亮光却急不可耐地透过窗帘钻进来。

现在言归正传。第二天中午，萨莎的女仆给我送来一封信："我很高心务必请你今天到我家来我等你。你的萨。"

一个逗号也没有。她干脆不用标点符号，她把"高兴"写成了"高心"。整封信——包括信封——让我内心充满柔情。她的字写得歪歪斜斜、忸忸怩怩。我仿佛看到了萨莎走路的样子，还有微笑时扬眉动唇的神情……可是信的内容却让我有点失望。第一，我的信可是充满诗意，她不该这么回答；第二，为什么要我到她家呢？呆呆地看着她的胖老妈、兄弟们和穷亲戚，然后我俩才有时间独处。他们才不会替你着想。如果旁边有个半聋半聪的老太婆，问这问那的小女孩，即使你如何兴奋激动，也只能憋住，还有什么比这更让人厌烦的呢？我让女仆带回一封信，要萨莎到公园或林荫大道约会。她欣然同意。真是心有灵犀。

下午四点多，我循着公园最远、最茂密的方向走去。公园里一个人也没有，约会地点本来可以近一些，林荫道或凉亭里，可是女人谈情说爱才不喜欢随随便便呢。一不做，二不休，既然约会，就找个最偏远、最难走的丛林，不过那里倒有可能遇到坏人或醉鬼。我看见萨莎了，她站在那儿，背对着我。她的背影让我看懂了很多秘密。她的后颈、后背，还有连衣裙上的小黑点仿佛都在说"嘘……"。姑娘穿着素花连衣裙，外面披着薄斗篷，脸上戴着白面纱，显得愈发神秘。我不想惊扰她，于是踮着脚走过去，和她窃窃私语。

现在看来，我并没有约会细节那么重要。让萨莎醉心的，与其说是见面，倒不如说是约会的浪漫惊喜、树荫下的宁静氛围、我的亲吻和誓言……她似乎一直都很清醒，没有忘情，也不会如痴如醉，表情很诡秘。真的，如果换作张三李四，她照样感到幸福。如果这样，那又如何知道有人在爱你呢？这究竟是不是真爱？

离开公园，我带着萨莎来到我的住所。心爱的女人来到单身公寓，就像生活有了美酒和音乐。照例会谈到未来，但那种自信自强却没有了边儿。订计划、订方案，还不是中尉，就奢谈将军。海阔天空，胡说一通，听者才会充满爱意，忽略生活，言听计从。男人有幸，热恋中的女人总会失去理智，却对生活一无所知。她们随声附和，面色苍白，充满敬畏，哪怕是疯子的话，也会奉为圭臬，执迷不悟。萨莎专心听我讲话，很快就心不在焉，她并不理解我。我谈到未来，她只对外在感兴趣。要是解释计划和方案，那简直是在浪费时间。她关心的是房间在哪儿，糊什么墙纸，为什么选立式钢琴而不是三角钢琴，等等。她仔细打量我桌上的小物件，看看照片，闻闻香水瓶，从信封上揭下旧邮票，说她留着有用。

"帮我搜集旧邮票吧！"她满脸严肃地说道，"一定喔！"

后来她看到窗台有个核桃，就咔嚓一声咬开，吃了起来。

"为什么你不在那些书的后面贴上标签呢？"她瞅了一眼书架，问道。

"有什么用？"

"喔！每本书都有编号。可是我该把书放在哪儿呢？你知道，我也有书。"

"你有些什么书啊？"我问道。

萨莎扬起眉头，想了一会儿，回答道：

"各种各样。"

如果我问她有什么想法、信念或目标，她照例扬起眉头，想了一会儿，然后回答道："各种各样。"

以后，我照例送萨莎回家，离开她家，正式订婚，就这样持续到婚礼那一天。如果读者允许我单凭个人经验断言，我会说订婚之后很乏味，比结婚之后或者根本不订婚要乏味得多。未婚夫啥也不是：他离开此岸，还没到彼岸，还没结婚，又不能说是单身汉，类似那个守夜人，似睡非睡、似醒非醒。

每天我只要有空，就得赶往未婚妻家。去找她时，我总是带着各种心愿、期待、想法和建言。我总是想，只要女仆开门，就会如释重负、心情舒畅、焕然一新。但事实并非如此。每次到她家，就看见大家忙着准备愚蠢的嫁衣。（他们已经忙了两个月，做出来的衣服还不值一百卢布。）到处都是熨斗、蜡油、煤烟的味道，脚下踩着玻璃珠。两个大房间都是麻布棉布，堆积如山。萨莎从布堆里探出小脑袋，嘴里衔着线。缝纫工欢呼我的到来，然后马上把我送到餐厅，免得妨碍她们干活，免得看见那些只有丈夫才能看见的东西。我只好坐在餐厅里，和穷亲戚皮缅诺夫娜说话。萨莎看起来很忧虑、很兴奋，带着顶针、一扎毛线或其他无聊的东西，就跑到我面前。

"等一下，我马上就来！"当我恳切地看着她，她就会说，"你猜怎么着，可恶的斯捷潘妮达把那件薄纱裙的腰身弄坏了！"

我左等右等也不见她来，很生气，于是带着新手杖出门，在大街上游荡。有时候我想和未婚妻一起去散步，或者坐马车兜风，不料她和岳母站在大厅，穿戴整齐，拿着遮阳伞，准备外出。

"哦，我们要逛商场！"她说，"买点开司米，换一顶帽子。"

散步的计划算是落空了！我只好跟着两个女人上街。陪女人购物，看她们讨价还价，竭力驯服狡猾的店员，简直无聊透顶。等萨莎翻遍一大堆布料，价钱砍到底限后，结果什么也不买就走出商场，或者要店员剪一小块布，我很难为情。

走出商场，他们又满脸惊恐、忐忑不安、嘀咕不停，说什么出错了啊，东西没买对啊，棉布印花颜色太深了啊，不一而足。

是啊，未婚夫很无聊。幸运的是，我算熬出头了。

我已经结婚了。现在是傍晚。我坐在书房里看书。萨莎坐在我背后沙发上，嚼着什么东西，声音很响。我想喝啤酒。

"萨莎，你找一下开瓶器……"我说道，"我不知道放在哪里了。"

萨莎跳起来，在纸堆里翻了一阵，火柴盒掉了，也没找到开瓶器，然后坐下来，一言不发……五分钟、十分钟过去了……我口很渴，心里很焦躁。

"萨莎，找一下开瓶器啊！"

萨莎又跳起来，把我旁边的纸堆翻了一阵。她嚼东西翻纸堆很刺耳，就像在用锉刀……我站起来自己找。最后总算找到了，酒瓶打开了。萨莎坐在桌子旁边，开始长篇大论。

"你最好读点书，萨莎！"我说道。

她拿起一本书，在我对面坐下，开始努嘴……看着她的小额头和努嘴的样子，我陷入了沉思。

"她快二十岁了……"我想，"如果和一个有文化的同龄男孩相比，会有什么差异？男孩有学识、有信念、有头脑。"

但我还是原谅她了，就像原谅了她的小额头和努嘴的样子。记得我以前追女人，只要袜子有污渍，说了句蠢话，或者牙齿不干净，就会抛弃她们。现在我原谅了一切：嚼东西的声音啊，找开瓶器乱翻东西啊，邋邋遢遢啊，鸡毛蒜皮的事情说个不停啊。不知不觉，我都原谅了，没有勉强自己，好像萨莎的过错都是我的过错一样。过去很多让我烦恼的事情，现在反而让我觉得很亲切、很快乐。为什么我能原谅这一切呢？那是因为我爱萨莎。爱情本身又该如何解释呢？说真的，我也不知道。

不　幸

似乎有一种无法抗拒的力量在催促她。那种神秘的力量，却足以碾压羞愧、理智或恐惧。

二十五岁的索菲娅·彼得罗夫娜既年轻又漂亮，丈夫鲁比扬采夫是一个公证员。

沿着林间小路，索菲娅和伊林正在散步。伊林是一名律师，目前在这里避暑。下午五点，天气很闷热，周围很安静。头顶上的白云像棉花团，层层叠叠。云团的缝隙是蔚蓝的天空，断断续续。白云一动也不动，仿佛被参天古松的树梢钩住了。

远处，林间小路横穿低矮的铁道路基。有个哨兵背着枪在路基上走来走去。路基后边不远，有座白色大教堂，六个圆顶，屋顶锈迹斑斑。

"没想到能在这里遇到您，"索菲娅一边说，一边看着地面，用遮阳伞尖拨弄去年留下的树叶，"很高兴见到您，但是我要和您严肃地谈一谈。伊万，如果您真的爱我，尊重我，希望您能放过我！您跟着我，如影随形，这不太好，您不停地表白，给我写奇怪的信，而且……而且我不知道哪里才是尽头，不知道会出什么乱子。"

伊林沉默不语。索菲娅走了几步，继续说道：

"我们相识了五年。最近两三个礼拜，您的变化很大。伊万，我都认不出您了！"

索菲娅偷偷地看了一眼，他正眯着眼睛，凝视着天上的白云。他有点恼怒，情绪低落、心事重重，似乎正在饱受煎熬，还得听别人唠叨。

"难道您自己不明白？"索菲娅耸了耸肩，继续说道，"要明白您这是在玩火。我有家庭，我爱我的丈夫，我尊敬他……我有女儿……您认为这些无关紧要？作为老朋友，您知道我对家人的态度，婚姻很神圣。"

伊林很恼火，清了清嗓子，深深地叹了一口气。

"婚姻很神圣……"他喃喃地说，"啊，上帝！"

"是的……我爱我的丈夫，我尊敬他。任何情况下，我都很看重家庭的和睦。我宁可死去，也不愿伤害丈夫和女儿……我求求您，伊万，看在上帝的分上，别打扰我！我们还是像从前那样做好朋友。您也别唉声叹气，那真的不适合您。事情就算过去了！不要再说了。谈点别的事情吧。"

索菲娅又偷偷地瞄了一眼伊林。他望着天空，脸色苍白，恼怒地咬着嘴唇，还在发抖。索菲娅不明白他为什么愤愤不平。他的脸色很苍白，倒是触动了她。

"别生气了，我们还是朋友，"她亲切地说道，"同意吗？握个手吧。"

伊林两只手握住她那胖乎乎的小手，慢慢送到唇边。

"我不是学生，"他嘟哝道，"和我的爱人做朋友？这个我没有兴趣。"

"行了，行了！到此为止了。这里有椅子，我们坐一会儿吧。"

索菲娅如释重负，松了一口气：终于说出了最微妙、最难以启齿的话，问题已经解决了。现在，她可以自由呼吸了，可以正视伊林的脸了。女人总是可以俯视追求者，自命不凡、沾沾自喜。他留着大黑胡子，身材魁梧、气宇轩昂。他很聪明、有教养，据说很有才华，如今却乖乖地坐在自己身边，低着头，神情沮丧、满脸恼怒，她暗自高兴。他们默默地坐了几分钟。

"事情还没有结束，"伊林开口了，"您好像是在背诵'我爱我的丈夫，我尊敬他……婚姻很神圣……'，不用您说，我都知道，但我也有很多话要说。坦白地讲，我也认为自己是在犯罪，不道德。还能怎样？可是大家都明白，说这些没用。与其对着夜莺说废话，还不如告诉我怎么办。"

"我已经说了啊，离开这里！"

"我已经离开五次了，您很清楚，可是每次我又回来了！那些直达车票我还保存着，可以给您看的。我不愿意离开您！我内心在挣扎，苦苦地挣扎。如果我没有决心，我软弱，我怯懦，那我怎样才能做到呢？我拗不过天性。明白吗？我做不到！我是要离开这里，可是我的天性却不让我走啊。软弱，很可恶！"

伊林涨红脸，站起来，在长椅旁边来回踱步。

"我很愤怒，就像一条狗！"他咕哝着，攥紧拳头，"我恨自己，鄙视自己。上帝啊！我像个堕落的学生，追求别人的老婆，傻里傻气地写信，低三下四……唉！"

伊林抱住头，咕哝着，坐下来。"您也不诚实！"他苦涩地说道，"如果您反感我这种行为，那您为什么来这里？是什么动力？信上我只是要您直接回答：行还是不行。您不置可否，只是每天和我'偶然'相会，照本宣科敷衍我！"

索菲娅吓了一跳，脸红了，突然感到自己很窘迫，好像有人撞见没穿衣服的正派女人一样。

"您好像怀疑我在耍您……"她低声说道，"我已经明确地答复您了啊，只是……今天我还请求您……"

"喔！这还用请求吗？如果您直接说'走开'，我现在还在这里吗？但是您从来没有那样说过。您从来没有直接回答我。优柔寡断，倒是很奇怪！是的，您要么在耍我，要么……"

伊林用两只拳头撑着脑袋，没有继续说下去。索菲娅的脑海里把自己的所作所为从头到尾梳理了一遍。她知道，不但是行为，甚至在内心深处，她一直都在拒绝伊林。她也觉得律师的话没有错，但是无论她怎么冥思苦想，也不知道自己对在哪里，该如何回应伊林的质疑。不表态肯定不妥，于是她耸耸肩，说道："好像是我不对了。"

"我没有怪您不诚实，"伊林叹息道，"我言不由衷，不是那个意思……您不诚实，但不做作，倒是合情合理。如果大家想法一致，突然都变诚实了，那倒是见鬼了。"

索菲娅没有心思去讨论哲学，但是暗自庆幸有机会转移话题，就问道：

"为什么呢？"

"因为只有野人和动物才是诚实的。一旦文明的人类需要慰藉，例如女性美德，那么诚实就不合时宜了……"

伊林生气地将手杖插入沙土。索菲娅洗耳恭听，也喜欢听他讲话，虽然很多都无法理解。让她最高兴的是，一个天赋异禀的男人和一个平庸普通的女人在探讨"学术"问题，何况还可以欣赏这个男人脸上的表情，年轻英俊、活力四射，尽管还有点苍白，愤愤不平。很多东西她都听不懂，但是从他的话语中，她分明感受到了一种极富魅力的勇敢精神，现代人毫不犹豫，决定重大问题、做出最后决断的勇敢精神。

她忽然意识到自己很仰慕他，有点害怕了。

"请原谅，我不太明白，"她连忙说道，"为什么您提到不诚实？我再重复一遍：我们做好朋友吧。离开我！我诚恳地请求您！"

"好吧，我再试一试！"伊林感叹道，"我尽最大努力……但不一定有结果。要么朝脑门开一枪，要么往死里灌酒。反正没什么好结果！任何事情都有限度，还要和天性抗争。告诉我，如何抗拒疯狂？要是喝酒的话，如何抗拒酒精的作用？如果您的音容笑貌在我的灵魂深处扎根，日日夜夜浮现在我的眼前，就像那棵松树，我该怎么办？既然我不能主宰自己的全部思想、心愿和梦想，却由灵魂附体的恶魔掌控，请告诉我，如何才能摆脱这种又可怜又可恶的处境？我爱您，爱得失去了自我，放弃了工作和亲人，忘记了我的上帝！有生以来，从未这样深陷其中、欲罢不能！"

索菲娅没料到话锋又变了，便抽身走开，惊恐地看着他的脸。伊林热泪盈眶，嘴唇在颤抖，脸上有一种饥渴祈求的神情。

"我爱您！"他喃喃地说，双眼凑近索菲娅惊恐的大眼睛，"您这么美丽！我饱受煎熬，可是我发誓，我愿意在这里坐一辈子，一边受折磨，一边看着您的眼睛。不过……别说话，我恳求您！"

索菲娅惊恐不安，想办法尽快阻止他。"我要走了！"她说道。可是还没等她站起来，伊林已经在她面前跪下了……他抱住她的双膝，瞅着她的脸，说着话，激情四射、娓娓动听。她心惊胆战、一团乱麻，没有听见他说的话。不知什么原因，在这个危险时刻，她的双膝受到压迫，感觉倒很舒服，好像在洗温水浴，她带着一种恶意，试图解释自己的感受。她非但没有提出抗议，反而充满了软弱、冷漠和空虚，就像醉酒以后，一切都不在乎，对此她很愤怒。她的灵魂深处，似乎有人在恶意奚落自己："为什么不走啊？别装了，好吗？"

她希望找到合理解释，却不知道自己为什么不把手拿开，任凭伊林像水蛭一样握住不放，自己又为什么像伊林一样，左顾右盼，担心别人看见呢？白云松树纹丝不动、冷眼旁观，就像学校助理教员，即使看见学生胡闹，却因为收了贿赂，不能上报学校领导一样。哨兵站在路基上，像电线杆一样，似乎在往这边张望。

"让他看吧！"索菲娅思忖道。

"听我说！"她终于说话了，声音有点绝望，"不知道会出什么乱子？有结果吗？"

"我也不知道……"他小声说，不想考虑这些令人不安的问题。

他们听到了火车发出刺耳的汽笛声，虽然司空见惯、不合时宜，却让索菲娅如梦初醒。

"我得走了……该回家了！"她赶快站起来，"火车要进站了……安德烈坐火车回家！他要吃晚饭。"

索菲娅的脸上火辣辣的，转身朝向路基。火车头缓缓行进，后面是车厢。这不是索菲娅说的那班客车，而是一列货车。在白色教堂的映衬下，车厢一个接着一个，向前延伸，就像人生经历的一天又一天，似乎没有尽头。

火车开过去了，最后那节车厢也消失在丛林中。索菲娅突然转过身，没有看伊林，而是沿着林间小路迅速往回走。再次冷静下来，她羞得满脸通红。倒不是伊林让自己丢脸，而是自己的怯懦和无耻。一个纯洁高尚的女人，怎么可以让其他男人抱住自己的大腿呢？现在，她只想着一件事：赶快回家。律师几乎跟不上她。经过一块空地，她拐进一条窄窄的小路，然后转过身，瞥了一眼，只是看见他膝盖上还有沙。她挥了一下手，让他留步。

回到家，索菲娅站在自己的房间里发呆，过了五分钟，才看了一下窗户和写字台。

"坏女人！坏女人！"她责骂自己。

为了刁难自己，她索性从头到尾回顾一下，毫不隐瞒：这段时间，虽然内心一直在抗拒伊林，却总在寻找见面机会。一旦他在面前跪下，她又格外开心。想起这些事情，她没有宽恕自己，羞愧得喘不过气来，恨不得给自己几个耳光。

"可怜的安德烈！"她自言自语。想起丈夫，她尽力让自己的脸上温柔可亲。"瓦里娅，我可怜的女儿，你不知道自己有一个什么样的妈妈！亲爱的，你们原谅我吧！我爱你们……非常爱你们！"

索菲娅迫切希望证明自己还是一个好妻子和好母亲，邪恶还没有触及她念兹在兹的"神圣婚姻"，于是跑进厨房，责怪厨娘没有为安德烈摆好餐具。她竭力想象丈夫饥饿疲惫的样子，大声说着怜惜他的话，第一次亲自为他摆餐具。然后找到女儿瓦里娅，把她抱起来，搂在怀里。她觉得女儿沉甸甸的，冷冰冰的，可是又不愿意承认这一点，然后开始对女儿解释爸爸有多么友善、多么高尚。

安德烈很快到家了，索菲娅几乎没和他打招呼。虚情假意的冲动早已消失，她没有证明什么，反而让自己很烦躁、很恼怒。她坐在窗边，感觉很痛苦。人只有身在困境，才会明白驾驭自己的思想和感情有多困难。索菲娅后来说她当时内心乱作一团，剪不断、理还乱，就像麻雀一飞而过，如何数得清呢？她见了丈夫，并未欣喜若狂，反而讨厌他吃饭的样子，这才恍然大悟：她开始恨丈夫了。

安德烈又饿又累，没精打采，还没等菜汤端上来，就开始吃腊肠，狼吞虎咽，大声咀嚼，两鬓蠕动着。

"我的上帝！"索菲娅在想，"我爱他，尊敬他，可是……他大声吃饭的样子为什么令人讨厌？"

她的思绪和感受真是糟透了。索菲娅竭尽全力不想这些烦心事。其实很多人也会胡思乱想，不知道如何去克服。但越是如此，脑海里越是挥之不去，她会想起伊林，想起他膝盖上的沙子、天上的白云、奔驰的列车。

"今天下午我为什么去那里，像个傻瓜一样？"她拷问自己，"我真的弱不禁风，不能依靠自己吗？"

人越恐惧，感觉越危险。安德烈还没吃完最后一道菜，索菲娅就决定和丈夫摊牌，希望能够摆脱危险！

晚餐结束后，丈夫脱掉大衣和皮靴，准备躺下休息。"安德烈，我想和你好好谈谈。"索菲娅说道。

"什么？"

"我们离开这儿吧！"

"哦！……到哪儿去啊？现在回城里太晚了吧？"

"不是回城里。去旅行或者外出……"

"旅行？"公证员伸了个懒腰，问道，"我还想去旅行呢，可是上哪儿凑这笔钱呢？谁又帮我顶班呢？"

他想了一会儿，继续说道：

"你肯定闷得慌。如果乐意，自己去吧！"

索菲娅同意了，马上想起伊林会乐不可支，两人乘坐一趟列车，在一个车厢里……她一边想，一边看着丈夫。他心满意足，可还是没精打采。不知什么原因，她的目光停留在他的两只脚上：脚很小，和女人的脚差不多，穿着条纹短袜，两个袜尖都露出了一根线头。

百叶窗后面是一只丸花蜂，嗡嗡地碰着窗玻璃。索菲娅盯着袜子上的细线头，听着丸花蜂嗡嗡的叫声，脑海里却在描绘未来的旅途……伊林整天都会坐在她对面，目不转睛地看着她，怨恨自己软弱，痛苦得脸色惨白。他会说自己是个行为不端的学生，辱骂她，扯自己的头发，可是等天黑了，旅客们睡着了或者到站台上放风的时候，他就抓住机会跪在她面前，抱着她的双膝，就像在林间长椅边那样……

她意识到自己在胡思乱想。

"听我说，我不会一个人去的！"她说，"你得和我一块儿去！"

"太荒谬了，亲爱的！"鲁比扬采夫叹了一口气，"明智一点，索福琪卡 [1]，严肃一点，办不到的事情就不要去想。"

"如果知道是怎么回事，你一定会去的！"索菲娅思忖道。

她决心非去不可，觉得这样才能摆脱危险。她的思路愈发清晰，也有了兴致，不用顾忌什么，不管怎么想，反正都会离开！丈夫睡着了，黄昏也渐渐来临。她坐在客厅，弹起了钢琴。外面热闹起来，伴着音乐，特别是想到自己很明智，克服了种种困难，她就如释重负。平静如水的良心告诉她：如果是其他女人，早已自乱阵脚，没有了方寸；虽然自己曾经羞愧得要死，也痛苦过，但是眼前正在脱离危险，当然这种危险或许根本不存在。她为自己的德行和果断而感动，甚至还特意照了几次镜子。

天黑了，避暑的游客到了。男士们坐在餐厅里打牌，女士们待在客厅内和阳台上。伊林最后一个到。他很忧郁，闷闷不乐，好像生了病。整个晚上，他都坐在沙发拐角处，一动也不动。平时他总是兴高采烈、谈笑风生，这次却一言不发，皱起眉头，不时揉着额头。不得已回答别人问题时，他只是动动上唇，勉强笑一笑，长话短说、草草了事。他也说了几次俏皮话，却很尖酸刻

---

[1] 索菲娅爱称。

薄。索菲娅感觉他快歇斯底里了。她坐在钢琴旁边，只有在这一刻，才第一次清楚地意识到这个不幸的男人太较真了，他的内心病得不轻，他停不下来。为了她，这个男人正在荒废青春和事业与最美好的年华，把仅有的一点钱用来避暑，抛弃自己的母亲和姐妹，最糟糕的是，他还把自己折磨得筋疲力尽、死去活来。从人性的角度来看，索菲娅理应严肃地对待他。

她感到心痛，也只有在这一刻，她才算看透了。如果当时走过去，对他说"不"，会让他无法抗拒。但是她既没有走过去，也没有说那句话，何况她根本就没有想过要那么做。年轻人既浅薄又自私，那晚在她身上表现得从未如此淋漓尽致。她知道伊林闷闷不乐，坐在沙发上心神不宁。她为他难过，但是一想起有人爱她，爱得神魂颠倒，却又让她扬眉吐气、十分得意。她觉得自己年轻、漂亮、高尚、纯洁，虽然那晚决定要离开，但还是想放纵一下。她打情骂俏、有说有笑、纵情歌唱。任何事情都让她兴高采烈、喜形于色。想起林间发生的事情，还有那个瞭望的哨兵，她就觉得好笑。她的兴致很高，热情接待来宾，听伊林尖酸刻薄的俏皮话。还有他领结上的别针，以前可没有注意到，上面有个红蛇图案，眼睛镶嵌着钻石。这让她怦然心动，差点想走过去吻一下。

索菲娅唱着歌，忐忑不安，似乎半醒半醉，有点挑衅，也有点轻率。她选唱的歌曲既忧郁又悲伤，什么希望破灭、往事如烟、岁月催人，仿佛在嘲笑别人。"岁月催人，一天一天变老……"她唱道。难道自己也会年老色衰吗？

"我好像有点不对劲……"她一边欢歌笑语，一边默默想着。

十二点，晚会结束了。伊林最后离开。索菲娅满不在乎，把他送到走廊最后一个台阶。她想告诉他要和丈夫一起外出，看看他有什么反应。

月亮躲在云里，但外面光线很好。索菲娅能看见阳台上的遮阳篷，微风吹拂，伊林的外套下摆飘来飘去。他的脸色很苍白，上唇有点扭曲，笑容也很勉强。

"索尼雅[1]……我亲爱的女人！"他喃喃地说道，不容她开口，"我的宝贝儿！"

他情意绵绵、热泪盈眶、甜言蜜语、诉说衷肠，甚至称谓也很暧昧，好像她是妻子或情妇。让她意想不到的是，他居然一边搂着她的腰，一边抓住她的胳膊肘。

"我的最爱，"他吻她的后颈，低声说道，"真诚一点吧，赶快和我走！"

索菲娅推开他，抬起头，内心很愤怒，却没有表现出来。她认为自己是一个纯洁的女人，具备各种美德。但即使如此，在这种场合，她也只能和所有普通女人一样，厉声说道：

---

[1] 索菲娅爱称。

"你疯了！"

"真的，我们走吧！"伊林继续说道，"感觉你我都一样无助，就像我们坐在林间长椅上，索尼雅……我们的处境相同！你爱我，你试图安抚你的良心，那是白费力气……"

看着她要离开，他抓住她的花边袖口，迅速说道：

"不是今天，就是明天，你会答应的！那又何必浪费时间呢？亲爱的索尼雅，既然已经判了刑，为什么还要缓期执行呢？何苦骗自己？"

索菲娅挣脱了他的手，飞奔回家。她走进客厅，随手盖好钢琴，盯着乐谱架很长时间，然后坐下来。她站不起来，也想不进去。兴奋激动、轻率鲁莽之后，只剩下可怕的软弱、冷漠和凄凉。良心告诉自己：今晚的行为太糟糕、太愚蠢，像个傻丫头。刚才在阳台上被人搂抱，现在腰身和胳膊肘还有点不舒服。客厅里一个人也没有，只点着一支蜡烛。索菲娅坐在钢琴前面的圆凳上，一动也不动，好像在期待什么。黑夜深沉，她极度疲惫，心里却有一种欲望，咄咄逼人、难以抗拒，好像自己的四肢和灵魂被一条大蟒蛇缠绕着，越来越紧。但是它再也不像以前那样威胁自己了，直面相对，赤身裸体、一丝不挂。

她呆坐了半小时，任由自己去想伊林。然后懒懒地站起来，慢慢走进卧室。安德烈已经躺在床上。窗户敞开着，她坐在旁边，任凭欲望肆虐自己的内心。现在她的头脑很清醒，所有想法和感受只能服从一个目标。她试图抗拒，但是又立刻放弃了……她现在才明白敌人是多么顽强！打败它就需要力量，需要坚定，可是她的出身、教育和生活，却让自己像浮萍一样，无依无靠。

"可怜虫！坏女人！"她斥责自己软弱，"你就是这样的人！"

软弱玷污了清白，她为此非常愤怒，于是用所有脏话骂自己，坦白让人丢脸的各种真相。例如，她告诉自己从来就没有什么道德，以前没有堕落，只是因为没有机会，那天内心的冲突简直就是一场闹剧……

"即使抗争过，"她思忖道，"这又算什么抗争呢？妓女在出卖肉体前也会抗争，后来还不是成交了吗？好个抗争，就像牛奶，一天就会馊！只有一天啊！"

她认定自己受到了诱惑，不是因为感情，不是伊林本人，而是一种感觉……和很多女人一样，暑假自我放纵、无所事事！

"就像一只小鸟，妈妈已被残杀。"窗外传来沙哑的男高音。

"要去，现在就得出发了。"索菲娅心里想着，突然心跳得很厉害。

"安德烈！"她几乎大叫起来，"听我说，我们……我们出发吧，好吗？"

"哦！我已经说过啦，你自己去吧！"

"你听着，如果不和我一块儿去，我会被别人拐走！我相信自己……已经爱上别人了！"

"爱上谁了？"安德烈问道。

"对你来说，谁都一样！"索菲娅大声嚷嚷。

安德烈坐起来，把两只脚伸出床边，在黑夜里，好奇地看着妻子的身影。

"想入非非啦？"他打了个呵欠。

他不相信，但还是有点惊恐。他想了一会儿，问了妻子几个无关紧要的问题，然后谈了一些对家庭、对不忠的看法……他没精打采地讲了十几分钟，又睡下了。他的说教没有什么作用。这个世界看法倒是不少，但又有多少人经历过困境呢？

现在还是深夜，避暑的游客已经在外面走动。索菲娅披上薄斗篷，站了一会儿，又想了一会儿……丈夫还在睡觉，她还尚有决心对他说：

"醒了没有？我去散步……愿意和我一起吗？"

这是她最后的希望。丈夫没有回应，于是她走出门。外面有风，空气很清新。她只顾往前走，没有注意到风，也不害怕黑夜……似乎有一种无法抗拒的力量在催促她，如果停下来，就会推着她往前走。

"坏女人！"她嘀咕道，"可怜虫！"

她气喘吁吁，羞得脸上发烫，没有感觉到自己的双脚在往前走，但是那种神秘的力量，却足以碾压羞愧、理智或恐惧。

出　阁

"再见了，亲爱的萨沙！"娜佳思绪万千，新的生活展现在她的面前，横无际涯。

一

晚上十点，应祖母马尔法·米哈伊洛夫娜的要求，舒明一家刚做完祈祷。娜佳在花园里待了一会儿，她看到餐厅里正在摆放餐桌，准备吃晚饭；祖母身穿华丽的丝绸连衣裙在忙碌着；教堂大祭司安德烈神父在和母亲尼娜·伊万诺夫娜说话。从窗外望去，灯光下，母亲似乎很年轻。安德烈神父的儿子安德烈·安德烈伊奇站在一旁，聚精会神地听他们讲话。

满月当空，花园里很幽静，地上落下斑驳的黑影。城外远处，一片蛙鸣。到处都是五月的气息，可爱的五月！深呼吸，让人心潮澎湃：不是这里，而是在月光之下的遥远地方，在旷野、田间和树林里，万物复苏，春意盎然，五彩斑斓，欣欣向荣。如此神秘，如此圣洁，而软弱邪恶的人却难以理解，真想放声痛哭。

娜佳二十三岁了。从十六岁起她就盼着出嫁，现在终于成了安德烈伊奇的未婚妻。此刻，他站在窗户另一侧。她喜欢未婚夫，婚礼定于七月七日举行，可是她内心却高兴不起来，也睡不好觉，情绪低落。厨房在地下室，窗户敞开着，仆人在忙碌，娜佳听见菜刀和旋门[1]发出的声音。窗口飘来一阵烤火鸡和醋渍樱桃的清香。不知什么原因，她觉得自己的一生都会这样度过，波澜不惊，没有尽头。

　　这时有人走出来，站在台阶上，是亚历山大·季莫费伊奇，大家喊他萨沙。十天前，他从莫斯科来到这儿，和她们住在一起。他的母亲玛丽亚·彼得罗夫娜是娜佳祖母的远亲，富绅寡妇，瘦小多病，穷困潦倒，多年前来投奔祖母。据说萨沙是一个很有天赋的画家。后来他母亲去世，娜佳祖母为了拯救自己的灵魂，把他送到莫斯科警察学校。两年后他转入美术学校，在那里差不多待了十五年，最后勉强通过建筑专科毕业考试。他没有做建筑设计师，却在石印厂工作。他几乎每年夏天病重时都会来这里休养。

　　萨沙身穿一件长礼服，系着纽扣，衬衫没有熨烫，帆布裤很破旧，裤边皱巴巴的。他很瘦，大眼睛，皮肤黝黑，留着胡子，手指又细又长，全身萎靡不振，不过相貌倒还英俊。和她们一起，他感觉就像自家人，也很自在。他住的房间，大家早就称作萨沙的房间了。他站在台阶上，看到了娜佳，然后走过来。

---

[1] 即"双开式弹簧门"。

"这儿真好。"他说。

"当然好啦。您最好在这里住到秋天。"

"会的，我想也是这样。估计要住到九月。"

他无缘无故笑了起来，在她身边坐下。

"我坐在这里，看着妈妈，"娜佳说道，"她好年轻啊！当然，我妈妈也有她的弱点，"她停了一会儿，又说道，"不过，她还是很不一般。"

"是的，她是个好人……"萨沙附和道，"她善良和蔼。当然，她有她的方式，可是……我该怎么说呢？今天一早，我走进你们的厨房，看见四个仆人睡在地板上，没有床架，被子破破烂烂的，有股恶臭，还有臭虫和蟑螂……和二十年前一模一样，没有任何变化。哦，说到奶奶，上帝保佑她，不管事了。可是您母亲会说法语，也会参加私人演出，她应该很清楚。"

萨沙说话的时候，两根细长的手指总是伸到对方面前。

"这里似乎有点奇怪，我实在看不惯，"他继续说道，"大家习以为常，也不屑一顾。您母亲成天闲逛，就像公爵夫人一样。奶奶啥也不做，您和安德烈伊奇也是这样。"

这话娜佳去年听过，前年好像也听过。其他，萨沙倒没说什么。以前她觉得好笑，现在有点恼火。

"陈谷子烂芝麻，耳朵都生茧了，"她站起来说道，"还是说点新鲜事吧。"

他笑了笑，也站起来，两人准备进屋。她个子很高，既苗条又漂亮，比他健康，穿着入时。这一点，她感觉到了，很同情他，有点不自在。

"很多话，您不该说，"她说道，"您刚才说到我的安德烈，其实您并不了解他。"

"您的安德烈……得了，得了！别浪费您的青春。"

两个年轻人走进餐厅时，大家已经坐下，准备吃晚饭。

祖母——大家喊她奶奶——身材肥胖，相貌普通，眉毛浓密，有点唇髭。她正在大声讲话。单凭语气，就知道她是一家之主。集市上的几排商店和这栋老房子都在她名下。每天早晨，她泪流满面，祈祷上帝保佑自己别破产。她的儿媳——娜佳母亲——一头金发，腰束得很紧，戴着夹鼻眼镜，每个手指都戴着钻石戒指。安德烈神父是一个瘦老头，牙齿已经掉光，脸上总有一种表情，似乎他要讲笑话。他的儿子安德烈伊奇——娜佳未婚夫——卷曲头发、年轻英俊、身体结实，像一名演员或画家。他们三人正在谈论催眠术。

"一个礼拜，你就能恢复健康，"祖母对萨沙说道，"只是你得多吃点。看看你喔！"她叹了一口气，"脸色不好！浪子[1]回头金不换。"

---

[1] 浪子的比喻出自《圣经》，参见《路加福音》第十五章。

"挥霍父亲的钱财，生活放纵，"安德烈神父笑着说，"浪子只能和野兽抢食。"

"我喜欢爸爸，"安德烈伊奇拍着他父亲的肩说，"他是个好人，很可爱。"

大家沉默了一会儿。萨沙突然笑了，用餐巾捂住嘴。

"您也相信催眠术？"安德烈神父问尼娜。

"当然，我还不肯定，"尼娜神色很严肃，甚至有点严厉，她回答道，"但是我得承认，自然界很多现象十分神秘，无法理解。"

"我完全同意您的看法，不过宗教信仰明显为我们缩小了神秘的范围。"

仆人端上来一只又大又肥的火鸡。安德烈神父和尼娜继续聊天。尼娜戴的钻石戒指闪闪发光。她眼睛里闪着泪花，忽然激动起来。

"虽然我不敢同您争论，"她说道，"但是您得承认，生活中有着很多解不开的谜！"

"绝对没有，我敢保证。"

晚饭后，安德烈伊奇拉小提琴，娜佳母亲弹钢琴为他伴奏。十年前，他在大学获得文学学位，但是从未就业，没有固定工作，只是偶尔参加慈善音乐会。城里人都认为他是音乐家。

安德烈伊奇拉着小提琴，大家侧耳倾听、沉默不语。桌上的茶壶烧开了，只有萨沙在喝茶。闹钟敲响十二点，小提琴上的一根弦突然断了。大家笑了，忙着起身告辞。

送走未婚夫，娜佳上楼。她和妈妈住在楼上，楼下住着奶奶。餐厅马上关灯，可是萨沙还坐在那里喝茶。莫斯科人的习惯，喝茶时间总是很长，一次要喝七杯。娜佳脱掉衣服，钻进被窝，很久才听到仆人在楼下打扫卫生，奶奶生气地说话。最后，一切归于平静，楼下萨沙的房间里偶尔传来低沉的咳嗽声。

二

娜佳醒来应该是两点，天边开始破晓。远处，更夫敲打着。她没有睡意，床软绵绵的，反倒不舒服。五月的每个夜晚，娜佳都会这样坐在床上，想着心事。似乎和昨晚一样，都没有什么意义，无非是安德烈伊奇追求她，向她求婚，她同意了，后来慢慢接受了这个善良聪明的男人。可是不知为什么，现在离婚期不到一个月，她恐惧不安。有些事情好像也道不清、说不明，令人苦恼。

"嘀嗒，嘀嗒，"更夫懒洋洋地敲打着，"嘀嗒，嘀嗒……"

窗外是花园，不远处，开满了丁香花，娜佳睡眼蒙眬，冻得没精打采。厚厚的白雾弥漫开来，快要吞没花丛。远处的树林里，昏昏欲睡的秃鼻乌鸦在鸣叫着。

"上帝啊！为什么我的心情这么沉重？"

也许结婚前，每个女孩都会这么想。谁知道呢！或许是受了萨沙的影响？可是几年来，萨沙总是老生常谈，好像在背课文。他说话的样子既率直又古怪。那为什么自己老是想起萨沙的话呢？为什么？

更夫很长时间没有敲打了。鸟儿叽叽喳喳叫个不停，花园里的白雾已经散去。春日的阳光照亮万物，笑逐颜开。很快，花园暖和起来，恢复了生机。树叶上的露珠晶莹剔透、闪闪发光。老花园虽然疏于管理，但是这个清晨，却焕然一新，充满了活力。

奶奶已经醒了。萨沙开始咳嗽。娜佳听到楼下仆人在烧开水，搬椅子。

几个小时慢慢过去了。娜佳早已起床，在花园里散步，走了很长时间，可是早晨还没有结束。

母亲走出房门，脸上满是泪痕，手里端着一杯矿泉水。她对招魂术 [1] 和顺势疗法 [2] 很感兴趣，读了许多这方面的书，喜欢谈论自己的疑惑。在娜佳看来，里面的道理既深刻又神秘。

娜佳亲吻了母亲，和她并排走着。

"您为什么哭了，妈妈？"她问道。

"昨晚，我看了一则关于老人和女儿的故事。老人的上司爱

---

[1] 相信死人的灵魂在阴间生活，人可以召回与之"交往"。
[2] 用极微量药物来治疗疾病的方法，十八世纪末由德国医师哈内曼创立。

上了他的女儿。我还没看完，里面有一段文字，我读了忍不住流泪，"母亲说完，喝了一口矿泉水，"今天早晨我想到那里，又哭了。"

"这些天，我心里很压抑，"娜佳沉默了一会儿，说道，"为什么我晚上睡不着呢？"

"我不知道，亲爱的。我睡不着，就紧闭双眼，像这样，然后想象安娜·卡列尼娜[1]走路说话的样子，或者回忆历史故事……"

娜佳觉得母亲不理解她，也无法理解。有生以来，这还是第一次。她甚至有点害怕，想躲起来。她又回到自己的房间。

下午两点钟，大家坐下来吃午饭。那天是礼拜三，斋戒日，所以给奶奶的是蔬菜汤和鳊鱼粥[2]。

为了逗奶奶玩，萨沙喝了菜汤，又喝肉汤。吃饭时，他一直在说笑话，之乎者也、仁义道德，反倒弄巧成拙。说俏皮话时，他会伸出又长又细、瘦骨嶙峋的手指。这时，你会觉得他的俏皮话根本不可笑。一想起他身患重病，或许不久于人世，你就会同情他，忍不住为他落泪。

饭后，奶奶走进房间，躺下休息。母亲弹了一会儿钢琴，然后离开餐厅。

---

[1] 托尔斯泰同名小说女主人公。
[2] 东正教徒斋日吃素（指植物和鱼做的食品），不吃荤（指牛奶和肉类食品）。

"唉，亲爱的娜佳！"萨沙照例开始聊天，"要是听我的话就好了！那就太好了！"

她躺在老圈椅里，闭上眼睛；他在房间里来回踱步，从一个角落走到另一个角落。

"要是您去上大学就好了！"他说道，"只有开明圣洁的人才会受欢迎，只有他们才会派上用场。这样的人越多，人间天国就会来得越快。到那时，城里不会留下一块石头，地基上的任何东西都会被炸毁，一切都会变样，就像中了魔法一样。到那时，这里会有宏伟壮丽的房屋，美妙绝伦的花园，奇异的喷泉，还有非凡的人……但这还不算什么，最重要的是，在我们看来，那时不会存在邪恶，因为每个人都有信仰，每个人都知道他们为什么活着，每个人无需寻求别人的精神支持。亲爱的娜佳，好姑娘，您走吧！您要向大家表明，您已经厌倦这种死气沉沉的生活，这种邪恶灰色的生活。至少您得向您自己表明这种态度！"

"不行，萨沙，我要出嫁了。"

"噢，得了吧！有什么意义呢？"

两人走进花园，来回散步。

"无论如何，我亲爱的姑娘，您应该想一想，应该明白，这种游手好闲的生活是多么邪恶。"萨沙继续说道，"您要明白，举例说吧，如果您、您妈妈和奶奶什么事都不做，这就意味着，别人在为你们工作，你们在啃噬别人。这个你们心安理得吗？难道这不肮脏吗？”

娜佳本想说："是的，您说得对。"她还想说她知道，可是自己却热泪盈眶，情绪低落，沉默不语，然后回到了自己的房间。

傍晚，安德烈伊奇来了，照例拉了很长时间小提琴。他一向不爱说话，喜欢拉小提琴，也许是因为拉小提琴时可以不用说话。十一点，他穿好大衣，准备回家。临别时，他拥抱娜佳，吻她的脸，吻她的肩，吻她的手。

"亲爱的，我的宝贝，我的美人儿！……"他轻声说道，"啊，我好幸福！我高兴得要发狂！"

她似乎觉得，这些话她很早以前就听过，或者在哪里见过……在一本破书里读过，而它早已不知去向。餐厅里，萨沙坐在桌子旁边喝茶，五个手指托着茶碟；奶奶在玩纸牌，妈妈在看书。圣像前的长明灯里，火苗噼啪作响，一切似乎都那么祥和宁静。娜佳道声晚安，便上楼回到房间。她躺下后立即睡着了。可是和昨晚一样，天刚蒙蒙亮，她又醒了，全无睡意，心神不宁，十分苦恼。她坐起来，把脸贴在膝盖上，想起了未婚夫，想起了婚事……娜佳还想起妈妈不爱爸爸，现在一无所有，只能依靠奶奶生活。娜佳左思右想，不明白为什么她认为妈妈很特别，为什么不觉得妈妈很普通、很平凡，也不幸福。

楼下，萨沙也没睡着，一直咳嗽。在娜佳看来，他很率直，很古怪。在他的所有幻想里，所有美妙绝伦的花园和奇异的喷泉里，有些东西似乎很荒谬。可是不知什么原因，这种率真，这种荒谬，却有那么一点东西如此美妙。她一想到要去求学，就按捺不住内心的激动，兴奋不已、欣喜若狂。

"不过，最好不要去想它……"她自言自语道，"不该想这种事。"

"嘀嗒，嘀嗒，"更夫在远处敲打着，"嘀嗒，嘀嗒……"

三

六月中旬，萨沙突然感到很烦闷，打算回莫斯科。

"这里我待不下去了，"他闷闷不乐地说道，"没有自来水，没有下水道！吃饭就觉得恶心。厨房脏得一塌糊涂……"

"再等一等，浪子，"奶奶小声说道，试图说服他留下来，"七号要举行婚礼。"

"我不想参加了。"

"你说你要在这儿住到九月啊！"

"可是现在我就想离开。我得工作！"

这个夏季很沉闷，有点冷，树木湿漉漉的，花园里很萧条、很暗淡。谁又愿意留在这里，不去工作呢？

楼上楼下总是能听见陌生女人在说话，奶奶房间里的缝纫机响个不停，她们在忙着准备嫁妆。皮大衣就做了六件。奶奶说，最便宜的也要三百卢布！萨沙很烦恼，他待在房间里生闷气。大家劝他留下来，他答应七月一日之前不离开。

时间过得很快。圣彼得节[1]那天午饭后，安德烈伊奇和娜佳一起去莫斯科街，想再看一看婚房。那栋两层楼房很早以前就租下来了，只有二楼装修了。大厅里，镶木地板上过油漆，闪闪发光，能闻到油漆味。还有维也纳式椅子、钢琴和小提琴谱架。墙上挂着巨幅油画，金边画框。画面是一个裸体女人，旁边摆着一个断把紫色花瓶。

"好漂亮啊，"安德烈伊奇钦佩地赞叹道，"这是画家希什马切夫斯基的作品。"

两人进了客厅，里面有一张圆桌、一张沙发和几把圈椅，都蒙着蓝色套子。沙发上方挂着一张安德烈神父的照片，戴着法冠和勋章。然后两人走进餐厅，里面有一个酒水柜。卧室里光线暗淡，两张床并排摆放，好像人们在布置新房时，认为这里会永远和谐，一成不变。安德烈伊奇搂着娜佳的腰，走遍所有房间。她感觉自己很软弱，心里很不安。她厌恶所有这些房间、床铺和圈椅，那个裸体女人更是让她恶心。此刻，很明显她感觉自己并不爱安德烈伊奇，也许从来就没有爱过他。虽然她每天都在苦思冥想，但是她不知道，也不可能知道这种话该怎么说，对谁说，为

---

[1] 东正教节日，俄历六月二十九日。

什么说……他搂着她的腰，巡视自己的房子，说话柔情蜜意，谦谦君子，满脸幸福。在她眼里，觉得他除了庸俗一无所有，愚蠢幼稚，让人无法忍受，连搂她腰的手臂也显得那么生硬，那么冷淡，就像铁箍一样。每时每刻，她都想逃跑，跳出窗外痛哭一场。安德烈伊奇又把她领进浴室，拧开墙上的水龙头，水立刻流出来了。

"您觉得怎么样？"他笑着说道，"顶楼安装了水箱，可以容纳八百升水。"

他们穿过院子，来到街边，然后上了一辆马车。尘土飞扬，好像天要下雨了。

"您冷不冷？"透过扬尘，安德烈伊奇眯着眼睛问道。

她没有回答。

"昨天萨沙，您记得吧，说我啥事不做。"她沉默了一会儿，继续说道，"没错，他说得没错！确实如此！我啥也不做，也不会做。亲爱的，这是为什么呢？一想到有天我会戴着大盖帽跑来跑去，心里就很反感，这是为什么呢？一看到律师、拉丁文教员或者市参议会委员，我就浑身不自在，这又是为什么呢？噢，俄罗斯母亲！您身上有这么多游手好闲、一无是处的人！有多少人像我这样压迫着您，苦难深重的母亲！"

他认为这是时代的特征。

"结婚后，我们一块儿去乡下，亲爱的。我们在那里工作！

我们买一块地，有花园，有小河，我们一块儿劳动，观察生活……噢，那该多好啊！"

他摘下帽子，头发被风吹乱了。她一边听他说话，一边想："上帝啊，我希望自己待在家里。"

快到家时，他们赶上了安德烈神父。

"啊，爸爸也来了！"安德烈伊奇挥舞帽子，高兴地喊了起来，"我喜欢爸爸，真的，"他一边付钱，一边说道，"他是个好人，很可爱。"

娜佳回到家。想到整个晚上都有客人，得满脸笑容，应酬他们，听别人拉小提琴，听别人说废话，除了婚礼，什么话题也没有，她就生闷气，心里很难受。

奶奶坐在茶炊旁，穿着华丽的丝绸连衣裙，举止庄重，在客人们面前总是很傲慢。安德烈神父带着一丝诡秘的微笑，走进来。

"您很健康，我很高兴，也很欣慰。"他对祖母说。很难分清，他是在开玩笑，还是在说正经事儿。

四

外面狂风呼啸，仿佛窗户屋顶都在打口哨，宅神[1]在壁炉里

---

[1] 斯拉夫人信仰中的宅中精灵，家园守护神。

唱着歌，很忧郁、很悲伤。过了午夜，大家都上床睡觉了，可是谁也没睡着。娜佳总是感觉楼下有人在拉小提琴。忽然砰的一声，肯定是护窗板掉下来了。不一会儿，母亲身穿睡衣，手里拿着蜡烛走进来。

"什么在响啊，娜佳？"她问道。

母亲留着独辫，怯怯地笑着。那个风雨交加的夜晚，她似乎显得更苍老、更平淡、更矮小。娜佳想起，不久前她还认为母亲很不一般，总是自豪地听她讲话，可是现在却想不起她讲的话，能够想起的都没有什么说服力，也派不上用场。

壁炉里嗡嗡作响，好像几个男低音在合唱。娜佳甚至听到"噢！天哪"的声音。她坐在床上，突然揪自己的头发，放声大哭。

"妈妈，妈妈，"她说道，"要是您知道我的想法就好了！我求您，让我离开这儿吧！我求您啦！"

"去哪儿？"母亲坐在床上，迷惑不解地问道，"你要去哪儿？"

娜佳哭了很久，说不出话。

"让我离开这个城市吧！"她说道，"我不该有婚礼，也不会有婚礼！我不爱他……甚至不想提起他。"

"不，亲爱的，不，"母亲吓坏了，急忙说道，"冷静一下，你心情不好。一切都会过去。这不奇怪。你们一定是吵架了！小两口吵吵架，过了就好了。"

"噢，您走吧！妈妈，您走吧！"娜佳又大哭起来。

"是的，"母亲沉默了一会儿，说道，"以前你还是一个孩子，一个小姑娘，现在要出阁了。世界并非一成不变。不知不觉，你会成为母亲，也会慢慢变老，还会有一个桀骜不驯的女儿，就像你一样。"

"亲爱的妈妈，您很聪明，可是您并不幸福，您也知道，"娜佳说，"您很不幸福，为什么要说这些无聊的话呢？老生常谈。看在上帝的分上，这是为什么呢？"

母亲想说话，却说不出来。她抽泣着，回到自己的房间。壁炉又唱起了男低音，娜佳突然感到很害怕。她跳下床，赶紧跑进妈妈的房间。母亲躺在床上，泪水涟涟，盖着浅蓝色被子，手里拿着一本书。

"妈妈，听我说！"娜佳说道，"我求您好好想一想，您要知道，我们的生活是多么微不足道、有损尊严啊！我睁开了眼睛，现在就能看到这一切。安德烈伊奇算什么人呢？妈妈，他并不聪明！我的上帝啊！您要明白，妈妈，他很愚蠢！"

母亲猛地坐起来。

"你和你奶奶都来折磨我！"她一边抽噎，一边重复道，"我要自己生活！"她用小拳头捶自己的胸口，"给我自由！我还年轻，我要自己生活，你们把我变成老太婆了！"

母亲伤心落泪，钻进被子，缩成一团，那么瘦小，那么可怜，也那么愚蠢。娜佳回到自己的房间，穿上衣服，坐在窗边，等着天亮。一个晚上，她就一直坐在那里想着心事，院子里似乎有人在敲护窗板，还打着口哨。

早上，奶奶抱怨大风吹掉了花园里的所有苹果，一棵老李树也折断了。天灰蒙蒙的，很阴冷，很昏暗，还要点蜡烛。雨点敲打着窗户，大家抱怨天太冷了。喝完茶，娜佳走进萨沙房间，跪在角落的圈椅旁边，一言不发，双手捂着脸。

"怎么啦？"萨沙问道。

"我没法……"她说，"以前在这里，我是怎么度过的，我没法理解！我鄙视未婚夫，鄙视自己，鄙视这种游手好闲、毫无意义的生活……"

"哦，哦……"萨沙不明白她的意思，于是说道，"没关系……很好。"

"我厌倦了这种生活，"娜佳继续说道，"这里，我一天也待不下去了。明天我就离开这里。看在上帝的分上，把我带走吧！"

萨沙看着她，十分惊讶。过了一会儿，他才回过神，高兴得像个孩子。他挥舞着手，拖鞋轻快地拍打着地面，似乎他在欢快地跳舞。

"太好了！"他搓着手说道，"我的上帝，真是太好了！"

娜佳崇敬地看着他，眼睛一眨也不眨，好像着了魔、入了迷，时刻准备聆听他的教诲。他还没说话呢，但是她似乎觉得，迎接她的将是一片崭新的天地，一个美好的未来，这在以前可是闻所未闻、见所未见。她凝视着萨沙，满怀期待，随时准备面对一切，甚至死亡。

"明天我就动身，"他想了一会儿，说道，"您到车站去送我……我把您的行李放在我的皮箱里，我帮您买票。第三次铃声响起，您就上车，我们一起走。我把您送到莫斯科，然后您自己去彼得堡。您有护照吗？"

"有。"

"我向您发誓，您不会后悔的，"萨沙兴奋地说道，"去吧，去学习吧，去跟随命运的脚步吧。只要您彻底改变自己的生活，一切都会变化。关键是您要去彻底改变生活，其他都不重要。明天我们出发，好吗？"

"啊！好的！看在上帝的分上！"

在娜佳看来，还有什么比这更让人兴奋的呢？她的心情从未如此沉重，动身前，她还伤心难过，苦苦思索。可是她刚回到房间，躺在床上，就立刻睡着了。她睡得很香，脸上带着泪痕和微笑，一直睡到晚上。

五

娜佳戴上帽子，穿好大衣。她上楼再去看看母亲，看看自己的东西。她走进自己的房间，被窝还有余温。她环顾四周，然后轻轻走进母亲的房间。妈妈还没醒，室内很安静。娜佳吻了一下妈妈，理了一下她的头发，站了几分钟……然后慢慢下楼。

外面下着大雨。马车停在门口，车夫支好了雨篷，到处都是湿漉漉的。

"娜佳，车上只能坐一个人，"仆人开始放皮箱，奶奶说道，"这种天气，就不要去送他了！你最好待在家里。天哪，好大的雨！"

娜佳想说话，却说不出来。这时萨沙扶她上车，用毛毯盖在她的腿上，然后坐在她旁边。

"祝你好运！上帝保佑你！"祖母站在台阶上喊道，"萨沙，到了莫斯科给我们写封信！"

"好的。再见，奶奶！"

"圣母保佑你！"

"唉，鬼天气！"萨沙说道。

娜佳哭起来了。现在，她才明白真的要离开了，刚才去看妈妈时，和奶奶告别时，她都不相信自己真的会离开。再见了，故乡！再见了，亲人！她突然想起了安德烈伊奇，想起了他的父亲，想起了婚房，还有那幅裸体女人油画。所有这些，再也不会让她担惊受怕、寝食难安了。所有这些，是那样的天真幼稚、微不足道，会永远抛在身后。他们走进车厢，火车出发了。往事曾经黑云压城，如今却云开雾散，不见了踪影。展现在她面前的，是一个辽阔的世界、无限的未来。以前，她却从未发现。雨点敲打着车窗，啪嗒啪嗒。窗外只能看见一闪而过的绿色田野、电线杆和小鸟。自由和求学，这让她兴奋得透不过气来，就像很久以前人们说的那样：离开吧！去做一个自由的哥萨克人。

她又笑，又哭，又祈祷。

"没……没事啦！"萨沙笑着说道，"没……没事啦！"

六

秋天过去了，冬天也过去了。娜佳开始想家，每天都在思念妈妈、奶奶，还有萨沙。家里来信了，她们很体贴，也很平和，似乎忘记了一切，也宽恕了一切。五月考试结束后，她兴致勃勃地启程回家。在莫斯科，她去看了萨沙。他还是去年夏天的样子：胡子拉碴，披头散发，大眼睛，很帅气。他还穿着那件长礼服和帆布裤，气色不好，忧心忡忡，愈发瘦弱，一直咳嗽。娜佳觉得他有点苍白，也有点迂腐。

"上帝啊！娜佳来了！"他满脸笑容地说道，"我的好姑娘！"

他们坐在印刷室，里面烟雾缭绕，空气中弥漫着浓重的墨汁味和颜料味，令人窒息。然后，他们来到萨沙房间，里面烟气熏人，到处是痰迹，冷茶炊旁边有一个破盘子，上面盖着一张黑纸，桌子和地板上到处都是死苍蝇。看来，萨沙的日常生活很邋遢、很马虎。显然，他很鄙视舒适的生活。如果有人和他谈起幸福生活，或者向他表达爱慕之情，他会觉得不可思议，一笑了之。

"很好，一切顺利，"娜佳急忙说道，"秋天，妈妈到彼得堡看过我，说奶奶不生气了，总是走进我的房间，对着墙画十字。"

看上去，萨沙很高兴，但是一直咳嗽，说话时，声音很沙哑。娜佳一直看着他，不知道他真的病得很严重，还是只是自己的猜测。

"亲爱的萨沙，"她说道，"您生病了！"

"没事，没事。生病了，但不要紧……"

"噢，天哪！"娜佳激动地哭了起来，眼泪汪汪地说，"为什么不去看医生？为什么不照顾好自己？亲爱的萨沙！"不知为何，她会想起安德烈伊奇，那幅裸体女人油画，还有过去的一切。往事如烟，就像童年一样渐行渐远。在娜佳看来，去年的萨沙是那样与众不同，那样文质彬彬，那样妙趣横生，可是现在呢？她不禁为之流泪。"亲爱的萨沙，您病得很重。我要想办法让您不至于这么瘦弱，这么苍白。我非常感激您！您无法想象您为我付出了多少，我的好萨沙！您现在是我最亲密的人。"

在彼得堡，娜佳整整度过了一个冬季。现在，她感觉萨沙的所作所为、音容笑貌乃至整个人已经了无新意，也许已经死亡，已被埋葬。

"后天，我要去伏尔加河旅行，"萨沙说道，"去喝马奶酒[1]。我很想喝马奶酒。有个朋友和他的妻子跟我同行。他妻子是个好人，我一直在怂恿她外出求学。我也想让她彻底改变自己的生活。"

谈了一会儿，他们乘马车去火车站。萨沙请她喝茶，吃苹果。火车出发了，他微笑着向她挥舞手帕。看得出，他病得很重，不会活很长时间。

中午，娜佳回到故乡。她乘坐马车回家，沿路看去，街道很宽，房屋很矮。没有行人，只看见一个德国钢琴调音师，穿着旧大衣。所有的房屋似乎都蒙上了一层灰。奶奶愈发苍老，身体还是那样肥胖。她抱住娜佳，脸挨着娜佳的肩头，哭了很长时间也不愿放开。母亲也衰老消瘦了很多，依旧束着腰，钻石戒指闪闪发光。

"宝贝儿，"她全身颤抖，喊道，"我的宝贝儿！"

大家坐下，默默流泪。奶奶和妈妈显然意识到，过去的都过去了，再也不会回来，社会地位、昔日荣誉、请客聚会，一切不复存在。似乎生活原本无忧无虑，忽然夜里警察闯进来搜查，却发现主人盗用公款或者伪造证据。这样的生活一去不复返了！

娜佳上楼走进自己的房间，还是那张床，窗户还挂着白色窗

---

[1] 高加索一带时兴用马奶酒治疗肺结核。

帘，窗外还是那个花园，阳光明媚，十分热闹。她摸了摸桌子，坐下来沉思。午餐很丰盛，奶茶香浓可口。娜佳还是觉得屋里空荡荡的，天花板很低。晚上，她钻进被窝。不知什么原因，躺在这张温暖舒适、软绵绵的床上，她觉得很可笑。

母亲走进房间，站了一会儿，她怯生生地坐下来，四下打量娜佳，似乎很内疚。

"哦，娜佳，告诉我，"她沉默了一会儿，问道，"你很满意吗？"

"是的，妈妈。"

母亲站起来，对着娜佳和窗户画十字。

"你看到了，我开始信教了，"她说，"你知道，我正在研究哲学，总是在想啊，想啊……我明白了很多道理。我认为，最重要的是，生活需要去经历，就像光线通过三棱镜一样。"

"告诉我，妈妈，奶奶身体还好吗？"

"好像还不错。那天你和萨沙一起出走，发来电报时，奶奶读了就晕倒了，一连躺了三天，一动也不动。自那以后，她总是祈祷上帝，伤心落泪。现在没事了。"

妈妈站起来，在房间里来回踱步。

"滴答，滴答，"更夫敲打着，"滴答，滴答……"

"最重要的是，生活需要去经历，就像光线通过三棱镜一样。"她说道，"换句话说，在意识中，应该把生活分解成最简单的元素，正如太阳光能分解成七种颜色，每种元素必须单独分析。"

母亲还说了些什么，她是什么时候离开的，娜佳一概不知，因为自己很快睡着了。

五月过去了，现在是六月。娜佳习惯了在家里的生活。祖母忙着烹茶，总是唉声叹气。晚上，母亲谈论哲学。在这个家，她还是像一个穷亲戚，寄人篱下，买点小东西都得要奶奶付钱。家里苍蝇很多，天花板似乎越来越低。奶奶和妈妈不出门上街，害怕碰见安德烈神父和安德烈伊奇。娜佳在花园里散步，在大街上溜达，看看灰色的篱笆，她觉得城市里的所有一切都很陈旧，已经过时，要么等待死亡，要么等待新生。啊，但愿新的生活早日到来，到那时就能勇敢面对自己的命运，知道自己是正确的，做一个无忧无虑、自由的人！我们迟早会过上这样的生活！只要祖母家里的四个女仆还挤在肮脏的地下室，这一天就会到来。总有一天，祖母的房屋不会留下一丝痕迹，人们渐渐把它遗忘，再也不去想它。娜佳能够解闷的只有隔壁几个男孩。在花园里散步时，他们会敲打篱笆，取笑她："出阁了！出阁了！"

萨沙从萨拉托夫寄来一封信。他的笔迹龙飞凤舞，很欢快。他的伏尔加之行非常圆满，但是在萨拉托夫得了重病，嗓子哑了，最近两周在住院。她知道这意味着什么，那是一种不祥之兆。一想到萨沙，一想到这种兆头，娜佳从未如此忧虑，从未如此悲伤。她渴望独立生活，希望回到彼得堡，和萨沙的友谊现在感觉很甜蜜，却似乎遥不可及。她彻夜未眠，清晨坐在窗前，侧耳倾听。楼下有人说话，奶奶非常激动，焦急地盘问。然后有人哭了……娜佳赶紧下楼，奶奶站在墙角，在圣像前面祈祷，她满脸泪水。桌上有一封电报。

娜佳来回踱步，听着奶奶哭泣。她打开电报，上面写着：亚历山大·季莫费伊奇，别名萨沙，昨日上午，因肺结核在萨拉托夫去世。

奶奶和妈妈去教堂做安魂弥撒，娜佳在家里来回踱步，想着心事。她意识到，正如萨沙所说的那样，她的生活已经彻底改变；在这里，她感到很陌生、很孤独，一无是处；这里的一切对她毫无意义；过去已和自己决裂，消失得无影无踪，似乎被烧个精光，留下的灰烬也随风而去。她走进萨沙房间，站了很久。

"再见了，亲爱的萨沙！"娜佳思绪万千，新的生活展现在她的面前，横无际涯，尽管还很模糊、很神秘，却在深切地召唤着她。

她上楼回到房间，收拾行李。第二天清晨，她告别亲人，永远离开了这座城市。

大沃洛佳和小沃洛佳

奥莉加像背诵课文一样，面无表情地重复道：
"所有这些都无关紧要，一切都会过去，上帝会宽恕她。"

"放开我！让我来赶车！我要坐在车夫旁边！"索菲娅·利沃夫娜大声说道，"车夫，等一等，我要上来坐在你旁边。"

她站在雪橇上，丈夫弗拉基米尔·尼基季奇，还有儿时伙伴弗拉基米尔·米哈洛维奇抓住她的胳膊，免得她摔倒。三匹马拉着雪橇跑得飞快。

"我说了，不要让她喝白兰地，"丈夫心烦意乱，和同伴窃窃私语道，"你这个人啊，真是的！"

经验告诉上校，像索菲娅这样的女人，多喝一点酒就会亢奋不已、手舞足蹈，然后歇斯底里，一阵狂笑，接着就是痛哭流涕。他担心回到家还要给她上敷布和药水，没法睡觉了。

"吁——"索菲娅大喊道，"我要自己来赶车！"

她既快活又得意。婚后近两个月来，她备受煎熬，因为她认为自己贪图享受，是因为赌气嫁给亚吉奇[1]上校的；可是今天晚上在饭店里，她突然意识到自己很爱他。虽然已经五十四岁，

---

[1] 尼基季奇昵称。

但他身材匀称、思维敏捷、动作灵活，喜欢说俏皮话，经常用吉卜赛曲调哼歌，让人着迷。真的，如今老头倒比年轻人有趣一千倍，似乎他们互换了角色。上校比她父亲大两岁，那又怎样呢？实话实说，论精神、朝气与活力，她远不如丈夫，虽然她只有二十三岁。

"啊，我亲爱的！"她思忖道，"真了不起！"

在那家饭店，她也深信，昔日恋情的火花已经熄灭。儿时的伙伴米哈洛维奇，或者沃洛佳 [1]，昨天她还爱得死去活来，现在却没有什么感觉，也没有任何兴趣。整个晚上，他没精打采、有气无力，实在乏味，显得无足轻重。吃过饭，他习惯躲在一边，免得自己掏腰包。如此淡定，让她十分厌恶。她几乎忍不住要嚷嚷："没有钱就不要来。"每次都是上校买单。

也许是因为树木、电线杆和雪堆在眼前一晃而过，心头顿时涌入各种毫不相干的想法。晚餐花了一百二十卢布，还给吉卜赛人一百卢布。如果她喜欢，明天还可以挥霍一千卢布。结婚前，自己连三个卢布也没有，买点小东西，都要父亲掏钱。前后只有两个月，真是造化弄人！

索菲娅思绪万千。在她十岁的时候，亚吉奇上校追求她的姑妈，全家人都说把姑妈害惨了：下楼吃饭时，经常眼睛红红的，

---

[1] 沃洛佳是弗拉基米尔的小名。

带着泪痕，而且老是出走。提起姑妈，人们总是说，可怜的人到哪里都不得安宁。那时他很英俊，是女人心目中的白马王子，全城的人都认识他。有人说他每天巡游，去看望那些爱慕他的女人，就像医生看病人一样。虽然现在头发花白了，脸上起皱纹了，也戴上眼镜了，但是那张瘦削的脸依然英俊，侧面看尤其如此。

索菲娅的父亲和沃洛佳的父亲都是军医，两人和亚吉奇曾经在一个团里服役。沃洛佳虽然恋爱经历十分曲折，经常闹得满城风雨，却没有耽误学习，成绩优异，目前在攻读外国文学，据说正在写论文。他和做军医的父亲一起住在军营里，虽然三十岁了，也没什么钱。小时候，索菲娅和他住在一栋公寓楼。他经常来找她玩，一起上舞蹈课和法语课。慢慢地，他成为一个风度翩翩、英俊潇洒的青年。她开始害羞，于是躲着他，然后疯狂地爱着他，直到嫁给亚吉奇。几乎从十四岁开始，沃洛佳就深受女人的青睐。因为他，女人们欺骗自己的丈夫，借口说他年龄还小。最近有人提起他，说他读大学时，住在学校附近的公寓楼。如果有人敲他房门，就会听见脚步声，然后他总是用法语低声道歉："对不起，我不是一个人在屋里。"亚吉奇很欣赏他，称赞他前途无量、后生可畏，就像杰尔扎温 [1] 称赞普希金一样。他们一起

[1] 杰尔扎温（1743—1816），俄罗斯诗人。1815 年 1 月 8 日，年轻的普希金当众朗诵他的诗篇，受到杰尔扎温的赏识。

打台球、玩纸牌，总是一言不发。如果亚吉奇驾车出行，经常会带上沃洛佳，他也把自己论文的秘密讲给亚吉奇一个人听。上校年轻时，他们俩常常互为情敌，却从不嫉妒对方。在他们的圈子里，大家称亚吉奇为大沃洛佳，称沃洛佳为小沃洛佳。

在雪橇上，除了大沃洛佳、小沃洛佳和索菲娅，还有一个人，名叫玛加丽塔·亚历山德罗夫娜，大家称她为丽塔。她是索菲娅的表姐，约三十岁，脸色苍白，眉毛漆黑，戴着夹鼻眼镜，一直吸烟，即使天气最冷的时候，也是如此。她的胸前和膝盖上总有烟灰。说话带着鼻音，拖腔拉调，性情孤僻，酒量很大，千杯不醉。讲起丑闻故事，虽然慵懒无力，却是津津乐道。她在家一天到晚总是翻阅厚厚的杂志，上面撒满烟灰，要么就啃冻苹果。

"索尼娅[1]，别疯了，"她拖着长调，说道，"太愚蠢了。"

快到城门时，雪橇放慢了速度，渐渐有了行人，也看见了房屋。索菲娅平静下来，靠在丈夫身上，想着心事。小沃洛佳坐在她对面，愉快的心情却变得沉重起来。她在想，对面这个男人知道她爱他。毫无疑问，小沃洛佳也相信这样的传言：她是因为赌气才嫁给上校的。她从未向他表白过，也不希望他知道，并竭力掩饰自己的感情。但是她的眼睛不会骗人，小沃洛佳非常了解

---

[1] 索尼娅和下文索涅奇卡均为索菲娅的爱称。

她，却伤害了她的自尊心。让她感觉最屈辱的是，结婚后，小沃洛佳突然对她献殷勤，和她一起待几个小时，陪她坐着一言不发，或者说些闲话，以前他可从来没有这样过。此刻在雪橇上，虽然他没有和她说话，却轻轻地碰她的脚，压她的手。很显然，他希望如此，她也应该嫁人；他分明看不起她，仿佛只有声名狼藉、放荡不羁，他才会对自己感兴趣。她爱丈夫，也很得意，但是却很屈辱，自尊心更是受到了伤害。最终，内心的抗拒战胜了自己，她想坐到轿厢上，挥舞马鞭，大声吆喝。

马车刚好经过女修道院，大钟就响了。丽塔在胸前画十字。

"奥莉加就在这个修道院。"索菲娅说道。她也在胸前画十字，身子哆嗦了一下。

"她为什么进修道院？"上校问道。

"因为赌气，"丽塔生气地说道，显然她在暗示索菲娅赌气嫁给亚吉奇，"现在赌气很流行，抗拒全世界。她以前爱说爱笑、卖弄风情，除了舞会和年轻男人，什么也不喜欢。可是忽然间，她遁入空门！大家都很惊讶！"

"不是那样的，"小沃洛佳放下皮大衣领口，露出帅气的脸，说道，"这不是因为赌气。那样说不厚道。她哥哥德米特里去服苦役，至今下落不明。她母亲伤心而死。"

他又竖起衣领。

"奥莉加做得对，"他声音低沉地说，"她是个养女，和索菲娅这样的好人住在一起，这一点得考虑喔！"

索菲娅分明感觉到了他的轻蔑语气，想说几句粗话顶撞他，却没有说出口。内心的抗拒再次战胜了自己。她又站起来，热泪盈眶，哭喊道：

"我要去做晨祷！车夫，往回走！我要去见奥莉加！"

雪橇原路返回。修道院响起了低沉的钟声，索菲娅由此想起了奥莉加和她的生活。钟声又响了。车夫勒住三匹马，索菲娅跳下雪橇，独自一人快步走向大门。

"快点，快点！"丈夫喊道，"时间很晚了！"

她走到乌黑的门口，然后沿着林荫道往主教堂走去。积雪在脚下发出沙沙的声音，钟声在她的头顶上响起，仿佛她的全身都在振动。来到教堂门口，走下三步台阶，穿过一道门廊，两边都是圣人画像，空气中弥漫着刺柏和神香的味道。又过一道门，一个穿黑衣服的人给她开门，深深地鞠躬。晨祷还没开始。一个修女在圣像屏旁边走动，点燃高烛台上的蜡烛，另外一个修女点燃枝形烛台上的蜡烛。立柱和祈祷室旁边，到处都站着黑衣人，一动也不动。"我想他们就这样一直站到天亮吧。"索菲娅琢磨着，她觉得这儿又黑又冷又沉闷，比坟场还寂寥。看着那些黑衣人，她感觉很凄凉，忽然心里一紧，发现一个修女很像奥莉加，身材不高，肩膀瘦削，头戴黑色三角头巾。奥莉加刚进修道院时还很丰满，个子似乎还高一些。索菲娅内心十分激动，犹豫不决地走过去，仔细端详修女的脸庞，果然是奥莉加。

"奥莉加！"她喊道，挥舞双手，兴奋得说不出话，"奥莉加！"

修女立刻认出她来，惊讶地扬起眉头。奥莉加刚洗过脸，有点苍白，但笑得很开心，似乎三角头巾下面的白色头布也喜形于色。

"主赐的奇迹！"修女挥舞着苍白瘦弱的小手，说道。

索菲娅热情地拥抱她，亲吻了一下，但又害怕她闻到酒味。

"我们路过这里，想起你了。"索菲娅说道，喘不过气来，似乎刚刚长跑了一段路，"天啦！你好苍白啊！我……我很高兴见到你。哦，怎么样？怎么样？觉得无聊吗？"

索菲娅打量了一下其他修女，接着低声说道：

"家里发生了很多变化……你知道，我嫁给亚吉奇上校了。你一定记得他……我跟他在一起很幸福。"

"感谢上帝。你爸爸身体好吗？"

"是的，他很好，经常提到你。奥莉加，假期一定要来看我们，好不好？"

"我会的，"奥莉加微笑着说，"二号我就过来。"

索菲娅也不知道什么原因，眼泪夺眶而出，哭了起来，却一声不吭。过一会儿，她擦干眼泪，说道：

"丽塔没来见你会很遗憾的。她，还有沃洛佳和我们同行。"

他们就在大门口附近。如果你能出去见一见，他们该有多高兴啊！我们去找他们吧，反正祈祷还没开始。"

"好的，"奥莉加同意了。她在胸前画了三次十字，然后和索菲娅一起往门口走去。

"索涅奇卡，你说你很幸福？"走出大门时，奥莉加问道。

"很幸福。"

"太好了，感谢上帝。"

大沃洛佳和小沃洛佳看见修女，就跳下雪橇，毕恭毕敬地和她打招呼。苍白的脸，黑色的修女服，让两人一阵心酸，但也很高兴她还记得他们，还出来见他们。索菲娅怕她冻着，拿起一条毯子披在她身上，然后用自己的皮大衣裹住她。刚才的眼泪让她轻松了很多。她很高兴，这个聒噪、不安宁、不纯洁的夜晚就这样结束了，又如此纯洁，如此安宁，如此出人意料。为了让奥莉加多待一会儿，她提议："让她也上雪橇吧！奥莉加，上来！就一段路。"

两个男人估计修女会拒绝——圣人是不会坐雪橇到处溜达的。但是她居然同意了，然后坐上雪橇。三匹马飞奔冲向城门，大家都没有说话，只是尽量让她坐得舒适一点，不要冻着，每个人都在想她过去和现在过得怎样。她脸上没有表情，很冷淡，很苍白，没有血色，似乎血管流淌的是水。两三年前，她很丰满，面色红润，常常说起追求者，每件小事都可以成为笑料。

在城门附近，雪橇掉头返回。十分钟后，雪橇在修道院附近停下，奥莉加走下雪橇。大钟响得更急促了。

"主会保佑你们。"奥莉加说道，像修女那样深深鞠躬。

"一定要来喔，奥莉加！"

"我会的，我会的。"

修女转身走了，很快消失在大门口。雪橇再次返程，索菲娅很沮丧。大家都没有说话。她浑身发软，四肢无力。刚才逼着修女上雪橇，和酒鬼待在一起，现在看来未免太荒唐、太鲁莽，实在大不敬。索菲娅酒醒了，欺骗自己的想法也随之消失。现在，她很清楚自己并不爱丈夫，也不可能爱他，荒谬绝伦、愚不可及。她的出嫁动机实在不纯，用她同学的话说，他太阔绰了；她怕自己成为老处女，就像丽塔一样；她看不起做军医的父亲，同时也想气一下小沃洛佳。

要是出嫁前就能预料到现在的生活如此糟糕、如此沉重、如此痛苦，即使拥有全世界的财富，她也不会同意这门婚事。但是现在木已成舟，不能回头，只好听天由命了。

回到家，索菲娅钻进温暖柔软的被窝，想起黑暗的教堂，沁人心脾的神香，立柱旁边肃立的黑影。想到自己进入梦乡时修女们还在那里站着，她感到十分恐惧。晨祷会持续很长时间，然后是念经、弥撒、祈祷。

"当然，上帝是有的，一定有，而我总会死去。也就是说，我早晚都要思考自己的灵魂和永生，就像奥莉加一样。现在她得救了，解答了所有问题……但是如果没有上帝呢？她的一生不就白白糟蹋了吗？可是怎么会糟蹋呢？为什么会糟蹋呢？"

过了一会儿，她又回过神来：

"上帝是有的。人都会死亡。必须思考自己的灵魂。如果奥莉加此刻死去，她不会害怕。她准备好了。重要的是，她已经解答了自己的人生问题。上帝是有的……没错，可是除了进修道院，就没有其他出路吗？进修道院意味着要放弃生活，毁掉生活……"

索菲娅有点恐惧，她把脑袋埋在枕头下面。

"不要想这些，"她低声说道，"不要想……"

亚吉奇在隔壁房间的地毯上走来走去，马刺轻轻地响着，他在想什么事情。索菲娅觉得他们如此亲密，只是因为他的名字也叫弗拉基米尔。她坐起来，柔声喊道：

"沃洛佳！"

"什么事？"丈夫问道。

"没什么。"

她又躺下。钟声响了，也许是修道院的钟声吧。她又想起教堂门廊和黑衣修女。上帝和死亡在脑海里挥之不去。她蒙住耳朵，不愿听钟声。她想，在自己衰老和死亡来临之前，人生还有很长的路要走。她必须亲近一个自己不爱的男人，此刻他已走进卧室，准备上床睡觉。而且，她还必须扼杀内心对另外一个男人的爱，他年轻英俊、风度翩翩、与众不同。她看了一眼丈夫，想道一声晚安，却忽然哭起来。她恨自己。

"嗯，音乐开始了！"亚吉奇说道。

直到上午十点，她才平静下来，不哭了，全身也不抖了，却头痛欲裂。亚吉奇急忙准备去做弥撒，在隔壁房间抱怨为他更衣的勤务兵。他走进卧室取东西，马刺发出沙沙声。第二次走进卧室，他已经戴上肩章和勋章。因为风湿病，他走路有点瘸。索菲娅倒觉得他很像一只猛禽。

她听见亚吉奇在打电话。

"请接通瓦西里耶夫营房！"过了一会儿，他又说，"瓦西里耶夫营房吗？请萨里莫维奇医生接电话……"又过了一会儿，"是哪位啊？是沃洛佳吗？很高兴。小伙子，请你父亲马上过来一趟，我妻子昨晚回家后，浑身不舒服。你是说他不在家？哦……谢谢。太好啦……非常感谢……谢谢。"

亚吉奇第三次走进卧室，低下头看妻子，在她身上画十字，伸出手让她吻（凡是爱他的女人都会吻他的手，他已经习惯了）。他说吃晚饭时才回家，然后就出门了。

十二点，女仆走进房间，说小沃洛佳来了。索菲娅既疲倦，又头痛，走路摇摇晃晃。她很快穿上丁香紫色、毛皮镶边的漂亮新晨袍，赶紧做了一个时尚发型。她的内心有一种难以言表的柔情，兴奋得浑身颤抖，生怕他离开。她只是希望看他一眼。

小沃洛佳穿着燕尾服，打着白领结，倒是很得体。索菲娅走进客厅，他行了吻手礼，对她生病表示难过。两人坐下来，他很欣赏她穿的晨袍。

"昨天见了奥莉加，我心里很乱，"她说，"一开始，我很害怕，现在却很羡慕她。她像岩石一样坚不可摧、难以撼动。可是沃洛佳，她就没有别的出路吗？以身殉教是人生问题的唯一答案吗？那是向死而非求生啊！"

想到奥莉加，小沃洛佳显得很温和。

"沃洛佳，你很有头脑，"索菲娅说，"教教我，如何才能像她那样。当然，我不是信徒，不会进修道院，但一定能殊途同归。我过得并不轻松，"她沉默了一会儿，接着说，"告诉我该怎么办……我能接受的办法。告诉我，哪怕一句话也行。"

"一句话？好吧：砰的一声响[1]！"

"沃洛佳，你为什么看不起我？"她怒气冲冲地问道，"请原谅，你和我说话很特别，很愚蠢，我不像是朋友，也不是正派女人。你很成功，热爱科学，那你为什么从不和我谈科学啊？为什么呢？是我不够格吗？"

小沃洛佳皱起眉头，生气地说道：

––––––––––––

[1] 小沃洛佳在此篇常哼的歌曲的歌词。

"你为什么突然想起科学呢？或许你还需要宪政吧？或者辣根烧鲟鱼？"

"好吧，我一无是处、微不足道、愚不可及、没有信念。我有很多缺点。我神经过敏、道德败坏，我活该受到鄙视。但是沃洛佳，你比我大十岁，他比我大三十岁。你看着我长大。只要你愿意，你完全可以把我培养成你喜欢的人，天使也不是没有可能。可是你……"她的声音有点颤抖，"你待我实在不好。亚吉奇一把年纪，却娶了我，而你……"

"得了，得了，"沃洛佳靠近索菲娅，吻了她的双手，说道，"让叔本华[1]们去谈论哲学，去证明他们所喜欢的一切，我们还是亲亲这双小手吧！"

"你是看不起我，但愿你能知道你的态度让我有多痛苦！"她说话很犹豫，事先就知道他不会相信她的话。"但愿你能知道我希望如何改变，开启一段新的生活！想到这里，我就充满热情。"她果然热泪盈眶，"我想做一个诚实、纯洁、正派的女人，不撒谎，生活有目标。"

"得了，得了，得了！别装了！我不喜欢这样！"沃洛佳很不高兴地说道，"哎呀！你在演戏吗？还是做普通人吧！"

索菲娅害怕他生气离开，就赶紧圆场，强作欢颜，试图取悦

---

[1] 叔本华（1788—1860），德国唯心主义哲学家，唯意志论者。

他，然后又说起奥莉加，说起自己如何希望找到人生的出路，做一个名副其实的人。

"砰的……一声……响……"他哼唱起来，"砰的……一声……响……"

突然间，沃洛佳一手搂住索菲娅的腰，她也不知道自己在做什么，双手放在他肩上，痴迷沉醉地盯着他那聪慧机智、充满讽刺的脸，还有他的额头、眼睛和帅气的胡子。

"你知道我一直爱你，"她坦白道，脸也红了，内心很痛苦，也很羞愧，自己能感觉到双唇在抽搐，"我爱你。可你为什么要折磨我？"

她闭上眼睛，狂热地亲吻他的嘴唇，过了很长时间，足有一分钟，也不想停下来，虽然她知道这很不得体，他也许表示不满，何况还有可能被女仆撞见。

"噢，你在折磨我！"她重复道。

过了半小时，小沃洛佳坐在餐厅吃午饭，索菲娅跪在他面前，贪婪地望着他的脸。他说她像一条小狗，等着主人扔骨头。然后他让索菲娅坐在自己的腿上，像小孩子一样摇来摇去，哼唱道：

"砰的……一声……响！砰的……一声……响！"他准备离开时，索菲娅情意绵绵地低声问道：

"什么时候？今天吗？什么地方？"她伸出双手凑到他嘴边，

急不可耐地等着他回答。

"今天不太方便，"他想了一会儿，说道，"或许明天吧。"

他们分开了。晚饭前，索菲娅去修道院找奥莉加，但是奥莉加外出为死者超度亡灵了。离开修道院，她去看父亲，他也不在。她换了一辆雪橇，在大街上漫游，直到黄昏。不知什么原因，她总是想起姑妈，眼睛红红的，带着泪痕，哪里都不安宁。

晚上，他们又坐雪橇去城外饭店吃饭，听吉卜赛人唱歌。再次经过修道院，索菲娅想起了奥莉加。一想到自己，除了闲逛、撒谎、灭人欲外，没有别的出路，心里就很恐惧。第二天，索菲娅雇了一辆雪橇去约会，她又是一个人在城里闲逛，心里想着姑妈。

过了一个礼拜，小沃洛佳把她踢开了。自那以后，一切照旧，生活还是那样乏味、无聊，有时候甚至很痛苦。上校和小沃洛佳几个小时都在打台球、玩纸牌。丽塔还是那样津津乐道地讲丑闻故事。索菲娅要么独自坐雪橇漫游，要么央求丈夫带她出去兜风。

她几乎每天都去修道院，哭哭啼啼，倾诉自己难以忍受的痛苦，反倒觉得玷污了修道院，这让奥莉加失去了耐心。奥莉加像背诵课文一样面无表情地重复道：所有这些都无关紧要，一切都会过去，上帝会宽恕她。

带 小 狗 的 女 人

和他相处，没有一个女人是幸福的。这些情分包罗万象，唯独没有爱情。

一

据说海边来了一个年轻女人，以前从未见过。德米特里·德米特里耶维奇·古罗夫在雅尔塔待了两个星期，也熟悉了，开始关注新来的人。他坐在韦尔奈亭里，看见那个女人在海边散步。她满头金发，中等身材，戴着贝雷帽，后面跟着一只白色博美犬。

此后，他每天在公园和广场总能见她好几次。她独自一人，总是戴着贝雷帽，后面跟着那只小狗。谁也不认识她，于是大家称她为"带小狗的女人"。

"如果没有丈夫或朋友陪同，认识她一下，倒也无妨。"古罗夫暗想道。

他还没满四十岁，女儿十二岁，两个儿子已经上学了。他很早结婚，那时还是大学二年级学生，如今妻子似乎比他还大二十岁。她身材高大、气宇轩昂，浓密的眉毛，举止庄重、一本正经，读过很多书，自诩很聪慧。而他私下认为妻子愚笨粗鄙、心胸狭隘。但他惧内，不喜欢待在家里，总是在外面拈花惹草。或许由于这个原因，他总说女人坏话，言必称"贱货"。

吃一"堑"，长一"智"，他贬低女人，也随心所欲。话虽如此，要是两天没有"贱货"侍候，他就日不能食、夜不能寐。和男人在一起，他不爱说话，冷漠厌倦，失了方寸。和女人在一起，他反倒无拘无束，进退自如，即使沉默不语，也能如鱼得水、游刃有余。他有女人缘，知道自己的仪表、天性和风度极富魅力、难以捉摸，女人趋之若鹜，尽在股掌中。

一次又一次的痛苦经历，让他明白了一个道理：每次和正派女人，尤其是和反应迟钝、犹豫不决的莫斯科女人亲密相处，最初倒像一场艳遇，生活跌宕起伏，也有几分情趣。但后来肯定会变成灾难，错综复杂。时间长了，让人难以忍受。可是每次初遇心仪的女人，就好了伤疤忘了疼。他渴望美好生活，似乎一切都很简单，乐在其中。

一天傍晚，他正在公园吃饭，那个戴着贝雷帽的女人慢慢走来，坐在邻桌。从神情步态和着装发型看得出她是一名大家闺秀，已经结婚，第一次独自来雅尔塔，不过神情很忧郁……在雅尔塔这样的地方，所谓生活放荡，很多传闻都是不实之词，他也不屑一顾。杜撰者如有可能，是很乐意放纵自己的。等这个女人坐在旁边，三步之遥，他就会想起那些逸闻趣事：征服女人啊，游山玩水啊。他心血来潮，梦想和她来一段闪电般的爱情故事。

即使素昧平生，也不知尊姓大名，那又何妨？

他招手示意那只小狗，等小狗走近，就冲着它摇手指。小狗汪汪地叫了起来。古罗夫又冲着它摇手指。

女人看了看他，立刻垂下眼帘。

"它不咬人。"她说着，脸红了。

"我可以给它一根骨头吗？"他问道。女人点了点头。他又彬彬有礼地问道："您在雅尔塔住了很长时间吧？"

"五天了。"

"我两个星期了。"

他们沉默了一会儿。

"时间过得真快，这里好闷啊！"她说着，并没有看他。

"现在流行说这里好闷啊。外地人住在别廖夫或日兹德拉，不觉得闷，到了这里就会说：'噢，好闷啊！噢，有灰尘！'别人还以为他来自格林纳达呢。"

她笑了。两人继续吃饭，一言不发，就像陌生人一样。吃过饭后，他们并肩走着，有说有笑，似乎无拘无束，心满意足，既不介意去哪里，也不介意聊什么。他们说到海上奇光和金色海水。月光下，金色的水波在海面上荡漾。他们还说到白天很热，晚上很闷。古罗夫是莫斯科人，拥有文学学位，却在银行上班，接受过歌剧演员训练，最后放弃了，他在莫斯科有两套房……她芳名安娜·谢尔盖耶夫娜，在彼得堡长大，两年前出嫁后，住在

S 城。她在雅尔塔还要待一个月，丈夫度假的时候或许还会来接她。她不清楚丈夫究竟是在省政府还是在省自治局工作，自己也觉得好笑。

两人告别后，他回到旅馆，躺在床上，又想起她。不容置疑，明天还会见面。不久前她还是学生，像他女儿一样还在念书。她很瘦削，和陌生人聊天时，一笑一颦是那么羞怯。只身在外，有人跟着她，有人注意她，有人和她闲聊，那种不可示人的动机，她不会不懂。有生以来，这肯定是她第一次独自面对。纤细的脖子，迷人的眼睛，真是历历在目。

"楚楚可怜的女人。"他很快进入了梦乡。

二

两人相识了一周。这是一个假日，室内很闷热，大街上，风卷起尘埃，在空中飞舞，吹跑了行人的帽子。大家口干舌燥。古罗夫频繁光顾韦尔奈亭，一会儿请安娜喝果汁，一会儿请她吃冰淇淋。太热了，真不知道如何是好。

傍晚，风小了。他们沿着防波堤去看轮船入港。码头上，很多人聚在一起，手捧鲜花，似乎在迎接贵宾。这群雅尔塔人身着盛装，十分抢眼，上了年纪的太太们打扮得花枝招展，里面还有很多将军。

海上起了风浪，太阳下山后，轮船才入港，靠拢防波堤，掉头又花了很长时间。安娜戴上长柄眼镜，打量着轮船和乘客，似乎在找人。转身面对古罗夫时，她的眼睛在放光。她侃侃而谈，说话前言不搭后语，问过的问题马上又忘了。在拥挤的人群中，她把长柄眼镜也弄丢了。

　　人群开始散去。天很暗，看不清人的脸。没有了风，可是古罗夫和安娜还站着，好像还在等人。安娜沉默不语，闻着花香，但没有看古罗夫。

　　"今晚天气好点了，"他说道，"现在我们该去哪儿呢？要不坐马车吧？"

　　她没有回答。

　　他凝视着她，突然搂住她，吻她的嘴唇，呼吸鲜花湿润的芳香，然后立刻环顾四周，担心有人看见。

　　"咱们一起去您的旅馆吧。"他轻声说道。两人很快离开了。

　　她的房间不通风，空气中弥漫着一股清香，那是她在日本商店买的香水。古罗夫一边看她，一边想："这个世界，什么人都有！"他想起过去交往的有些女人无忧无虑、心地善良，兴高采烈地爱着他，因为带给她们幸福而感激他，即使那种幸福转瞬即逝。有些女人很像他妻子，爱他，却很麻木；废话太多，却装模作样；情绪容易失控，既没有爱情，也没有激情，却很有内涵。还有几个女人，很漂亮、很冷淡，却很贪婪，只想索取，不想付出；她们不再年轻，十分任性，没有思想，盛气凌人，愚不可及。古罗夫对她们很冷淡时，美貌反而让他心生厌恶，衣服上的花边儿倒像鱼鳞一样。

可是眼前这个女人却是那么瘦削，那么羞怯，涉世不深，有点腼腆，惊恐不安，仿佛有人突然敲了门。安娜神情严肃，似乎自己是一个堕落的女人，感觉很奇怪，也不恰当。她低下头，长发遮住了脸，似乎很忧伤。她沉思着，情绪低落，就像画中"忏悔的女人"。

"我错了，"她说道，"现在您是第一个看不起我的人。"

桌上有个西瓜。古罗夫给自己切了一块，不紧不慢地吃起来。半个小时，两人沉默不语。

安娜楚楚动人，她是一个简单、正派、纯洁的女人，阅历很浅。桌上点着一支蜡烛，孤零零的。光线很暗，看不清她的脸，但很明显，她并不快乐。

"我怎么会看不起您呢？"古罗夫问道，"您恐怕不知道自己在说些什么吧？"

"求主宽恕！"她热泪盈眶地说道，"太可怕了。"

"您觉得自己需要宽恕吗？"

"宽恕？我是个坏女人，看不起自己，也不想辩白。我欺骗的不是我丈夫，而是我自己。不仅是现在，我欺骗自己很长时间了。我丈夫是个好人，很诚实，却是个奴才！我不知道他在做什么，但我知道他是个奴才。我嫁给他时才二十岁。好奇心在折磨我，希望能够好一些。我告诉自己：'肯定还有另外一种生活。'我想好好地生活！……好奇心燃烧着我……您无法理解，但是我对主起誓，我控制不了自己。我变了，无法克制自己。我告诉丈夫说我病了，于是来到这里……我在这里游荡，似乎神志不清，像个疯子……我现在成了一个下贱可鄙的女人，没有人看得起我。"

古罗夫一直听她讲话，有点厌倦；安娜天真自责的口吻不合时宜，让他很意外，也很烦恼。要不是她眼里噙着泪水，他还以为是在演戏或者开玩笑呢。

"我不明白。"他轻声说道，"你想怎么办？"

她把脸紧紧贴在他的胸前。

"相信我，请相信我，我求求您……"她说道，"我喜欢纯洁、诚实的生活。我讨厌犯错，我不知道自己在做什么。有人说鬼迷心窍。现在我就是这样。"

"得了，得了……"他嘟哝着。

看着她那惊恐、专注的眼睛，他亲吻她，柔声细语。慢慢地，她平静下来，又高兴起来，两个人都笑了。

他们又出门，海边没有一个人。城里柏树森森、死气沉沉，海边却很喧闹。海浪轻轻地摇动着驳船，上面的灯光似乎也睡眼蒙眬。

他们坐上一辆马车，前往奥列安达。

"刚才我在大厅里看到一块牌子，上面写着您的姓氏冯·季捷利茨，您丈夫是德国人吗？"古罗夫问道。

"不，他祖父好像是德国人，他是正宗俄罗斯人。"

到了奥列安达，两人坐在教堂不远的长凳上，俯瞰海洋，一言不发。透过晨雾，几乎看不见雅尔塔。白云浮在山顶上，稳如泰山；树叶纹丝不动，蚱蜢在鸣叫；大海发出单调而低沉的声音，仿佛在说我们终将安息长眠。当初还没有雅尔塔和奥列安达时，大海一定在歌唱，现在如此，将来我们不复存在了，它依然如故，冷漠单调。它亘古不变，无视每个人的生与死，也许那就是一种永生救赎的承诺，一种生生不息的承诺，一种日臻完善、永不停息的承诺。拂晓，和年轻女人坐在一起，实在妙不可言，抚慰心灵，让人如痴如醉。那海，那山，那云，那天，如此梦幻。古罗夫在想，现实中的世界多么美好，可是一旦谈及人生的崇高尊严和远大目标，所思所想、所作所为却截然相反。

有个人走过来，也许是守夜人，看了看他们，然后走开了，十分神秘，似乎恰到好处。天已破晓，费奥多西亚开来的轮船进港了，船上的灯熄了。

"草上有露水了。"安娜沉默了一会儿，说道。

"是的。该回去了。"

于是他们回到城里。

以后每天中午，他们都在海边见面，一起用餐，一起散步，观赏海景。她抱怨睡眠不好，心跳得厉害，老是问同样的问题。一会儿因为嫉妒而烦恼，一会儿又担心古罗夫是否对她葆有足够的尊重。在广场上或公园里，如果周围没人，他会突然抱着她热吻。整天无所事事，天气炎热，空气弥漫着海水的味道，光天化日下一边保持警惕一边热烈亲吻。悠闲自在、着装考究、衣食无忧的行人来来往往。这些都让他获得了新生。他对安娜说她如何漂亮，如何迷人。他热切地爱着她，情意绵绵、寸步不离。而她却常常陷入沉思，总是要他承认自己对她不尊重，不爱她，也看不起她。几乎每天深夜，他们都会出城兜风，去奥列安达，或者去看瀑布。每次远足都很尽兴，外面的世界如此美好，从未改变。

两人在等着安娜的丈夫。可是他却寄来一封信，说他眼睛有毛病，要安娜尽快回家。于是她赶紧准备返程。

"我走了倒好，"她对古罗夫说，"这是命运的安排。"

她坐上马车，他去送她。他们坐了一整天。她走进快车车厢，第二次铃声响起时，她说："让我再看您一眼……再看一眼。好了。"

她没有流泪，却很沮丧，仿佛生了病，她的脸在颤抖。

"我会想您……念您，愿主与您同在，祝您幸福。别记恨我。我们将永别，是这样的，我们本来就不应该相遇。愿主与您同在。"

火车很快出发了，车灯消失了，一会儿，声音也听不见了，好像大家都在密谋赶快结束这出闹剧，疯狂的闹剧。古罗夫站在月台上，望着昏暗的远方，听着蚱蜢的鸣叫声和电线的嗡嗡声，似乎感觉自己才刚刚醒来。人生的一段插曲、艳遇就这样结束了，只留下了回忆……他很感动，很忧伤，还有点懊悔。他再也见不到这个女人了。这段时间和他在一起，安娜并不快乐。他充满温情，发自内心地呵护她，但是在举手投足、说话语气和爱抚亲吻中，总有那么一点讽刺。毕竟年龄比她大很多，幸福男人的内心，粗俗的傲慢不禁油然而生。她总是说他心地善良、与众不同、卓尔不群，显然她并不了解他真实的一面，他无意中也欺骗了她……

车站已经有了秋天的气息，晚上很冷。

"我也该回北方了，"古罗夫走出站台，暗想道，"正是时候！"

三

莫斯科。大家都在生炉取暖，一切都是冬天的节奏。早晨天还没亮，孩子们就在吃早餐，准备上学，保姆还要掌灯。严寒天气已经开始。第一场雪后的第一天，坐上雪橇外出，看见大地房屋白茫茫的一片，呼吸清新的空气，心情十分舒畅。在这个美丽的季节，人们似乎回到了自己的青春岁月。椴树和桦树银装素裹，和蔼可亲。它们倒是比柏树和棕榈树更亲近，至少不会让人想起雅尔塔的高山和大海。

古罗夫是莫斯科人。回到莫斯科那天很冷，却很晴朗。他穿着皮大衣，戴着皮手套，走在彼得罗夫卡大街上。星期六的傍晚，他听到教堂钟声，感觉雅尔塔之行的魅力已经不复存在。渐渐地，他融入了莫斯科的生活，每天津津有味地读三份报纸，却声称原则上他是不看莫斯科报纸的。他渴望去餐厅、俱乐部，参加各种宴会或庆典。招待尊贵的律师和艺术家，在医师俱乐部和教授打牌，他觉得很光彩。他可以吃完一盘白菜炖咸鱼。

一个月了，安娜在他的记忆中有点朦胧，有时还梦见她，笑容可掬、摄人心魂。一个多月又过去了，已是隆冬季节，他的记忆反倒清晰起来，仿佛昨天才和安娜分开，栩栩如生，一日更胜一日。夜深人静，当他看见孩子们在书房里学习，或者在餐厅里听到歌声或风琴演奏声，或者听到狂风在壁炉里呼啸的时候，他突然想起了雅尔塔：防波堤发生的故事、远山迷雾的清晨、费奥多西亚开来的轮船，还有他和安娜的热吻。他在房间里来回踱步，想起昔日往事，不禁会心一笑。记忆和梦境，过去和未来交织在一起。他没有梦见安娜，可是她却如影随形、难以忘怀。闭上眼睛，就能看见她，更可爱、更年轻、更温柔，仿佛身临其境。雅尔塔之行倒不如现在好。每到傍晚，她好像站在书柜、壁炉或墙角看着他，他能听见她在呼吸，还有她衣服发出的沙沙声。大街上，他凝视着往来的女人，希望能看到熟悉的面孔。

他很想倾诉，为此饱受折磨。在家不能说，外面又没有可靠的人。既不能和房客说，也不能和银行同事聊。能谈什么？那时真的爱她吗？和她交往很美妙？有诗意？很感人？很有趣？不，他只能含糊谈及爱情和女人，谁也无法揣测。只有他妻子抽动两抹黑眉，说道：

"情场杀手根本不适合你，德米特里。"

一个晚上，他和一位牌友走出医师俱乐部，忍不住说道：

"但愿您知道我在雅尔塔认识了一个美女！"

那人坐上雪橇，准备出发。可是他突然转过身来，喊道：

"德米特里！"

"什么事？"

"今晚您说得对，那道鲟鱼味道是重了一点！"

说什么呢？古罗夫很愤怒，感觉有辱人格，好像自己很肮脏一样。什么人啊！蒙昧未开。晚上很无聊，白天又无趣，波澜不兴。打牌赌博、暴饮暴食、酩酊大醉、废话连篇，真是没完没了。没有追求，老生常谈，美好年华就这样付之东流，最终只能卑躬屈膝，画地为牢，人生毫无价值，也微不足道。这样的生活，真不知道该如何摆脱，仿佛被关进了监狱或疯人院。

古罗夫通宵未眠，义愤填膺。第二天，他头痛得厉害，晚上也睡不着，坐在床上想心事，然后在房间里来回踱步。他厌倦了自己的孩子，厌倦了银行的工作，既不想外出，也不想说话。

十二月的假期，他准备旅行。他告诉妻子自己要去彼得堡，为一个年轻朋友办事。可是他却动身去了 S 城。做什么呢？他也不清楚。他想看一看安娜，和她聊一聊。

清晨，他抵达 S 城，在旅馆选了一间最好的客房。里面的地板铺着灰色军用呢子，桌上的墨水台有一层灰，上面雕着一个骑士，手里拿着帽子，脑袋已经打碎了。行李员告诉他冯·季捷利茨住在老冈察尔纳亚街，离旅馆不远。这家人很富裕，生活优渥，还养着马，城里人都认识他。

古罗夫不紧不慢地朝老冈察尔纳亚街走去，找到了那座房子，周围是一道很长的灰色围墙，上面有很多钉子。

"这样的围墙，谁见了都会跑。"古罗夫暗想道。透过围墙，他打量了一下窗户。

他想今天是假日，她丈夫大概在家。不速之客，不但冒昧，还会打扰她。送留言条，也许会落到她丈夫手里，反而弄巧成拙。还是见机行事吧。他在围墙旁边走来走去，等待时机。他看见一个乞丐走到门口，几只狗向他扑来。过了一小时，他听见有人在弹钢琴，声音很微弱、很模糊，可能是安娜在弹琴。前门忽然打开，一个老妇人走出来，后面跟着那条熟悉的白色博美犬。古罗夫本想呼唤那只小狗，可是他的心跳个不停。他太兴奋了，突然忘记了小狗的名字。

他来回踱步，越发痛恨那堵灰色的围墙。一个年轻女人，从早到晚无所事事，只能看着该死的围墙。或许安娜忘记了他，或许她另有新欢，这都很自然。他回到旅馆，在沙发上坐了很久，不知道该怎么办。吃过午饭，他睡了很长时间。

醒来后，他看看乌黑的窗户，已经是傍晚了。"太愚蠢，太恼火，"他暗想道，"这倒好，睡了这么长时间，晚上干什么呢？"

床上铺着廉价灰色毯子，他坐在床上，感觉好像在医院里一样。他自嘲道：

"没法接近她……艳遇到此为止了……没招了……"

他想起早上在火车站看见一张海报：《艺妓》首演。于是，他去了剧院。

"她很可能会来看首场演出。"他思忖道。

剧院里坐满了人。外省剧院都这样，枝形吊灯架上总有一团雾。顶层楼上，观众吵吵嚷嚷、坐立不安；开演前，前排的绅士们站着，油头粉面，双手反剪背后。省长包厢里，前排坐着千金，戴着长围巾。省长谦逊地躲在幕后，只能看见他的双手。乐队调音用了很长时间，舞台幕布摇动着。观众走进剧院，寻找自己的座位，古罗夫打量着每个人。

安娜也进来了，坐在第三排。古罗夫看见她，心里绷紧了。在这个世界上，没有人比她更亲近、更重要。这个娇小的女人在人群中一点儿也不起眼，手里拿着一只俗气的长柄眼镜，现在却是他的唯一最爱、悲欢之源，还有他渴求的幸福。乐队演奏十分蹩脚，小提琴呕哑嘲哳，实在难听，而他却亦真亦幻地想着：她多可爱啊。

一个年轻男人和安娜随行，身材高大，背有点驼，留着小络腮胡，坐在旁边。他一步一点头，好像在不停地鞠躬。他或许就是安娜在雅尔塔斥为奴才的那个人吧！身材高大，小络腮胡，轻微秃顶，笑容谄媚，十分恭顺。纽扣孔别着徽章，很显眼，倒像是服务生号码牌。

首次幕间休息，安娜丈夫出去吸烟，她没有离开座位。古罗夫起身走到她面前，挤出一丝微笑，说道："晚上好！"他的声音在颤抖。

安娜顿时花容失色，惊恐地看着他，不相信自己的眼睛。她双手紧紧握住扇子和眼镜，内心分明在挣扎，害怕晕过去。两人都没说话。她坐着，他站着。她很尴尬，他很惶恐，不敢坐在她旁边。小提琴和长笛开始调音。他忽然感到很害怕，似乎包厢里所有人都在看着他们。安娜站起来，很快走到门口。古罗夫跟在身后，两人穿过走廊，像无头苍蝇，一会儿上楼，一会儿下楼。佩戴徽章，身穿制服的法官、教师、公务员和太太们来来往往。大厅衣架上挂着皮大衣，穿堂风迎面扑来，空气中弥漫着难闻的烟草味。古罗夫心跳得厉害，心想："噢，主啊！怎么有这么多人，乐队就不要凑热闹了……"

这时，他想起那天傍晚在火车站送走安娜，那一刻觉得一切都结束了，再也不会相见了。可是，这段艳遇还远没有结束！

她在狭窄阴暗的楼梯口停下脚步。

"您吓我一跳！"她说着，呼吸急促，脸色苍白，还没回过神来，"哎，太可怕了，吓死人了。您为什么要来这里？为什么？"

"可是您要知道，安娜……"他压低声音，急忙说道，"我求您，您要知道……"

她恐惧、恳切、缠绵地看着他，凝视着他，希望让他的容颜永驻心间。

"我很不幸福！"她没有理会他，继续说道，"我时时刻刻都在想您，一直都在想您。我想忘记您，忘记您，可是您为什么来了？为什么？"

楼梯上有两个学生在吸烟，看着下面。古罗夫全然不顾，拥着安娜，亲吻她的脸，亲吻她的手。

"您干什么，干什么！"她惊恐地喊道，把他推开，"我们都疯了！您今天就离开，马上离开……无论如何，我恳求您，求您离开……来人了！"

有人上楼了。

"您必须离开，"安娜小声说道，"您听见了吗，德米特里？我会去莫斯科找您。我从来就没有幸福过，现在很痛苦，将来也不会幸福，绝对不会！我已经受够了！我发誓，我会去莫斯科。但是现在我们不能在一起！亲爱的，亲爱的，我们得分开！"

安娜推开他的手，快步走下楼梯，回头望着他。看得出，她确实不幸福。古罗夫站了一会儿，留心听着。等到没有了声音，他找到大衣，然后走出了剧院。

四

安娜来莫斯科看他了。她借口看妇科病，每两三个月离开一次S城，她丈夫将信将疑。到了莫斯科，她入住斯拉维扬斯基集市旅馆，然后立刻派人联系古罗夫。古罗夫过来看她，神不知、鬼不觉。

一个冬天的早晨（前晚信使已经来过，他外出了），他照例去看安娜。他和女儿同行，正好顺路，他打算先送女儿去上学。大片的雪花，纷纷扬扬地下着。

"现在是三度，还下着雪。"古罗夫对女儿说，"只有在地面上，雪片才会融化。大气层高空的温度就完全不同了。"

"爸爸，为什么冬天不打雷？"

他也解释了。他一边说，一边想：他要去幽会，没人知道，也许永远不会有人知道。他过着两种生活：一种是公开的，凡是在意的人都能看见，没有秘密，亦真亦假，这和他的亲朋好友别无二致；另外一种却是秘密的。很多事情混在一起，荒诞不已，也许是一种巧合。凡是他感兴趣、对他很重要有价值的，凡是他真诚面对、不欺骗自己的，凡是构成他生活内核的，他都秘而不宣。凡是他弄虚作假、伪装自己、掩盖真相的，例如在银行工作，在俱乐部讨论，他的"贱货"，以及和夫人一起出席庆典，都是公开的。他独立判断，不相信所见所闻，宣称秘密和夜色掩盖了每个人真实而有趣的生活。私生活都隐藏着秘密。有教养的人总是紧张焦虑，个人隐私必须得到尊重，或许就是那个原因吧。

古罗夫把女儿送到学校，就向斯拉维扬斯基集市旅馆走去。到了那里，他脱下皮衣，然后上楼，轻轻敲门。安娜穿着他喜欢的那件灰色连衣裙。昨天晚上，她就盼着见他。舟车劳顿和漫长等待让她身心疲惫。她脸色苍白地看着他，没有一丝笑容。古罗夫刚走入房间，安娜就扑进他的怀里。两人慢慢亲吻了很长时间，似乎两年没有见面。

"噢，你在那边过得还好吗？"他问道，"有什么新闻？"

"等一等，我会告诉你的……现在，我说不出来。"

她没法说话，反倒哭了，于是转过身，用手帕捂住眼睛。

"让她哭吧。我坐下来等她。"他坐进圈椅暗想道。

然后他摇铃，请服务员送茶。他喝着茶，安娜背对着他，站在窗边哭泣，因为激情，因为想到生活如此酸楚艰辛，因为他们只能偷偷见面，不能示人，就像窃贼一样。难道他们没有毁掉自己的生活？

"得了，别哭了！"他说道。

显然，他们的爱情故事不会很快结束，他也看不到尽头。安娜越来越依恋他，崇拜他；如果有人告诉她这场闹剧终将结束，她会觉得不可思议，而且也不会相信。

他走过去扶着她的双肩，想和她打情骂俏。对面刚好是穿衣镜。

他的头发开始花白了。令人惊讶的是，这些年自己苍老了很多，没有那么帅气了。她的肩头暖暖的，在颤抖。他怜悯她，这么温柔可爱的女人。或许她和自己一样，很快就会老态龙钟。她为什么这样爱他？女人只是看到了他的外表，没有看到他的内在。女人爱的不是他本人，而是她们的想象，这是她们一生的追求。即使后来意识到错误，她们依然爱他，一如既往。和他相处，没有一个女人是幸福的。时光荏苒，岁月如梭。他认识了那么多女人，分分合合，自己却从未真正爱过她们。这种情分包罗万象，唯独没有爱情。

只有现在，头发花白了，他才真正爱上一个人，平生第一次。

两人相亲相爱，像知己、像夫妻、像密友。似乎命中注定，却无法理解各有家室。他们像一对候鸟，却关在两只笼子里。过去现在，彼此原谅；因为爱情，彼此改变。

以前消沉时，什么理由都可以安慰自己。可是现在，什么理由也不在乎了。他的内心充满了同情，只希望自己更真诚，更亲切……

"别哭了，亲爱的。"他说道，"哭一会儿就够了……现在我们好好谈谈，想个办法。"

他们商量了很久：如何公之于众，如何不欺骗别人，如何住在一起，如何长相厮守，如何解放自己。

"怎么办？怎么办？"他抱着头问道，"怎么办？"

似乎过一会儿就能找到答案。那时，两人就能过上美好的生活。但是，他们也很清楚，前面的道路还很漫长，最复杂、最艰巨的挑战才刚刚开始。

画 家 的 故 事

"一旦人意识到了他的真正使命，那么只有宗教、科学和艺术才会满足他的需求。"

一

六七年前，我住在某省某县一个乡村庄园。地主别洛库罗夫是个年轻人，每天很早起床，穿一件农夫束腰外衣，晚上喝啤酒，老是抱怨任何人都不支持他。他住花园门房。我的卧室是老宅一个大房间，里面有几根圆柱，除了睡觉用的大沙发和一张牌桌外，什么家具也没有。即使没有风，旧炉子也总是嗡嗡作响。遇到雷雨交加的天气，整个房子都在颤动，似乎随时都会土崩瓦解。尤其是晚上，如果闪电突然照亮十扇大窗户，那才让人毛骨悚然呢！

我这人生来懒散，索性啥也不管。我经常几个小时待在房间里。望着窗外的天空、鸟儿和林荫道，翻阅书报杂志，或者蒙头大睡。有时我也出去游荡，很晚才回来。

有一天，我在返回的路上，无意中走到了一个陌生的地方。夕阳西下，黑麦扬花，渐渐沉入一片暮色。两排茂密的古枞巍然耸立，像两堵墙。林荫道很幽暗，如诗如画。我轻轻跨过篱笆，沿着林荫道漫步，地上铺着厚厚的针叶，走起来有点打滑。里面很安静，枞树梢闪耀着金色光芒，蜘蛛网摇曳着七色彩虹。树脂的芳香十分浓烈，让人透不过气来。我拐进一条长长的椴树林荫道，这里很荒凉，很沧桑。去年的树叶已经腐烂，踩在脚下，让人有点伤感；黄昏时分，暮色透过树丛，影影绰绰、朦朦胧胧。右边是一个老果园，有只金黄鹂在鸣叫，懒洋洋的，声音很微弱，想必它也上了年纪。终于走到了椴树林荫路的尽头。迎面是一栋白色老屋，两层楼，带露台。走过去，突然出现一个院子，前面是大池塘，旁边是淋浴房，柳树成荫，池塘对岸有一个村庄。钟楼又高又窄，在夕阳的照耀下，十字架闪闪发光。

眼前的景象是那么熟悉、那么亲切，顿时唤醒我童年的记忆。

小院大门用白色石头砌成，既古朴，又牢固。两边有一对狮子。门口站着两姐妹。姐姐身材苗条，一袭浓密的栗色长发，脸色苍白，樱桃小嘴，很漂亮，很倔强，表情严肃，对我似乎不屑一顾。妹妹最多十七八岁，同样身材苗条、脸色苍白，却不是樱桃小嘴。我经过时，她那双大眼睛惊讶地看着我，说了句英文，有点害羞。两个姑娘十分迷人，似曾相识、神交已久。我呢，仿佛南柯一梦，然后回到了住处。

此后不久的一个中午，我和别洛库罗夫在外面散步，忽然听见草地上沙沙作响，一辆马车驶进了院子，车上坐着那位姐姐。她来为遭受火灾的几位村民募捐。她认真详细地告诉我们西亚诺沃村烧了多少房子，多少男人、女人和儿童无家可归，救灾委员会初步建议采取哪些措施，但没有看我们。她是救灾委员会的一名成员。她让我们在认捐表上签字，然后收好准备告辞。

"您把我们全忘了，彼得·彼得罗维奇，"她和别洛库罗夫一边握手，一边对我说，"来吧，如果愿意认识您的崇拜者，愿意来看我们，我和妈妈会很高兴的。"

我鞠躬致谢。

她离开后，彼得给我讲起了她的情况。他说这一家子都是好人，她叫利季娅·沃尔恰尼诺夫娜，住在池塘对岸那个叫谢尔科夫卡的村子里。她父亲当年在莫斯科身居高位，去世前还是三品文官。她们虽然很有钱，但是一直住在这里。利季娅在本村小学任教，每月领取二十五卢布薪水。她靠这笔收入维持生活，能够自食其力，为此她很自豪。

"这家人很有趣，"别洛库罗夫说，"我们哪天去看一看，她们会很高兴的。"

一个节日的下午，我们想起了沃尔恰尼诺夫娜一家人，于是去谢尔科夫卡村看望她们。母女三人都在家。母亲叶卡捷琳娜·帕夫洛夫娜，年轻时肯定很漂亮，现在有哮喘病，神情忧郁，心不在焉，身体很虚弱，似乎与实际年龄不太相符。为了融洽气氛，她尽量和我谈论绘画。女儿告诉她我可能会来谢尔科夫卡，于是她想起在莫斯科画展见过我的几幅风景画。她问我这些画究竟表达了什么思想。利季娅，大家都叫她莉达，大部分时间在和别洛库罗夫交谈，和我说得不多。她很严肃，不苟言笑，问别洛库罗夫为什么不到地方自治会任职，为什么不参加地方自治会的任何会议。

"这样不对，彼得，"她责备道，"这样不对。太不好了。"

"说得对，莉达，说得对，"母亲附和道，"这样不好。"

"我们全县都掌握在巴拉金手里，"莉达转身对我说道，"他是地方自治会执行委员会主席，他把所有职位都派给了自己的侄儿和女婿。他为所欲为，我们应当起来斗争。青年人应当建立一个强有力的组织，可是您看看我们这儿的青年人。很惭愧，彼得！"

大家在谈论地方自治会的时候，妹妹格尼娅一言不发。严肃话题，她向来不插嘴。在家人眼里，她还未成年。大家把她当作小孩，叫她米修斯[1]，因为她小时候就是这样称呼她的英语老师的。她一直好奇地看着我。在我翻看相册时，她指着照片说："这是叔叔，这是教父……"她像孩子一样，肩头靠着我。我仔细打量她：漂亮的辫子，纤细的肩膀，胸部很平坦，尚未发育，身材瘦小，腰带束得很紧。

我们玩槌球，打网球，在花园里散步，喝茶，晚餐吃了很长

---

[1] "蜜斯"是英语 Miss（小姐）的音译。"米修斯"是"蜜斯"的昵称。

时间。房子虽然不大，却很舒适，墙上没有石板画，仆人待客彬彬有礼，让人感觉宾至如归。有了莉达和米修斯，什么都觉得年轻、纯洁，气氛也很优雅。晚餐时，莉达又和别洛库罗夫聊起地方自治会、巴拉金和学校图书馆。她是一个真诚、有主见、充满朝气的姑娘。听她讲话很有趣，虽然是长篇大论，但声音洪亮，或许因为她是教师，习惯了滔滔不绝的缘故。可是彼得每个话题都要争论一番，学生时代就养成了这个习惯。他讲话很枯燥，既乏味，又啰唆，总想急于表现自己很聪明、很进步。他的袖子不小心弄翻了油碟，留下一摊油渍，除了我，似乎大家都没有注意到。

我们离开时，天已黑了，外面静悄悄的。

"不弄翻油碟，并不是有教养的表现；有教养的人，即使你弄翻了油碟，他也视而不见，"别洛库罗夫说完，叹了一口气，"是的，她们很有教养。我疏远了这些高尚的人。我脱离了这个圈子，真是太糟糕了。成天忙碌，不知道在忙些什么！"

他说，如果想成为农业劳动模范，就必须付出艰辛劳动。我倒觉得他这人太严肃，但同时又太懒散！一说起正经事，他就使出吃奶的力气，一个字一个字地说道"哎呀"。但是做起事来和说话一样，慢吞吞的，总是拖拖拉拉。我以前托他寄信，他揣在口袋里，几个礼拜都没有寄出去。所以，我对他的办事能力表示怀疑。

"最难的，"他和我一边走，一边嘀咕道，"最难的是，你辛苦工作，却得不到任何人的支持。完全没有！"

二

此后，我经常去看望沃尔恰尼诺夫娜一家人。我习惯坐在她们的露台上。我对自己很不满，内心很苦闷。一想到自己年岁渐长，人生却平淡无奇，就感到十分羞愧。我的心情很沉重，就像要把我撕裂一样。露台上，要么听见有人说话，要么听见裙子发出的沙沙声，要么听见翻书的声音，真是声声入耳。莉达白天接诊病人，分发书本，经常打伞进村，从不戴帽子；晚上谈论地方自治会和学校的事情。很快，我就习惯了这一切。这个苗条漂亮的姑娘，樱桃小嘴、轮廓分明，神态永远那么严肃。只要谈到严肃话题，她总是冷冷地对我说：

"这个您不感兴趣。"

她对我没有什么好感，因为我是风景画家，我的作品没有反映农民的困苦。她认为，我对她献身的事业漠不关心。记得有一次我经过贝加尔湖畔，看见一个布里亚特族[1]姑娘，她骑在马上，穿着蓝布衬衣和裤子。我问她能否把她的烟斗卖给我。她一

---

[1] 俄国境内少数民族，蒙古族的一支。

边说话，一边轻蔑地看着我这张欧洲人的脸，还有我的欧式帽子。过一会儿，她就不想继续说下去了，然后一声呵斥，绝尘而去。莉达也是这样，似乎把我视为异类。当然，她从未表现出对我的不满，但我能感觉到。我坐在露台上，很是烦恼，自言自语道："不是医生却给农民看病，那不是在欺骗吗？如果有两千公顷土地，做慈善还有困难吗？"

她的妹妹米修斯倒是无忧无虑，和我一样，过得很自在。早上起床后，她立即拿起一本书走到露台上，躺在圈椅里读起来，两只脚几乎不落地。有时她带着书躲进椴树林荫道，或者走进田野。她整天都在聚精会神地看书。看着她眼睛疲倦、一脸茫然、极度苍白的样子，你能想象持续阅读，大脑有多么疲劳。

每次我到她家，她看见我就会脸红，于是放下书，两只大眼睛看着我的脸，急着给我讲新闻：下房烟囱起火了，雇工在池塘里捉到了一条大鱼。平时，她总是穿着浅色上衣和深蓝裙子。我们一起散步，摘樱桃做果酱，或者划船。她跳起来摘樱桃，在船里划桨时，透过袖口，就能看见她那瘦弱的胳膊。有时我写生，她会站在旁边，欢呼雀跃。

七月末的一个星期天上午，大约九点钟，我去沃尔恰尼诺夫娜家。在公园里，离房子还有很远距离，我一边散步，一边找白蘑菇。那年夏天长了很多这种蘑菇。我记好蘑菇的位置，方便下次和格尼娅一起采摘。暖风吹拂，我看见格尼娅和她母亲走出教堂，她俩都穿着浅色连衣裙，格尼娅用手压着帽子，生怕被风吹跑。过了一会儿，我听见她们在露台上喝茶。

我这人无牵无挂，总想为自己的懒散找点理由。所以在我看来，夏天的清晨，在乡村度假总有一种特殊的魅力。绿油油的花园到处都是露水，湿漉漉的，在阳光下闪闪发光；房子周围弥漫着木犀草和夹竹桃的清香；年轻人刚从教堂回来，在花园里吃早饭；大家穿着入时，心情舒畅。如果知道他们身体健康、衣食无忧，整天悠闲自在，你就会希望自己一辈子都这样就好了。我也是如此，在花园里漫步，准备整天、一个夏季都这样到处转悠，漫无目的，饱食终日。

格尼娅提着篮子出来了。看得出，她似乎知道或预感到我在花园里。我们一块儿采蘑菇、聊天。如果她问我问题，就会走到前面看着我。

"昨天，村里发生了奇迹，"她说，"瘸腿女人佩拉格娅病了一年，什么医生、什么药都不管用，可是昨天有个老太婆在她面前悄悄地说了些什么，她的病就好了。"

"这不算什么，"我说，"发生奇迹肯定不限于病人和老妇人。健康本身不就是奇迹吗？生命本身呢？凡是不可理解的，都是奇迹。"

"那些不可理解的东西，您不害怕吗？"

"不怕。无法理解的现象，我会勇敢面对，不会屈服，我能驾驭。人应当意识到自己比狮子、老虎、猩猩和自然界的一切更胜一筹，甚至那些看似不可思议、无法理解的现象也是如此。否则他就不是人，而是什么都害怕的老鼠。"

格尼娅相信我作为画家，知识渊博，即使不知道，也能准确猜测。她渴望我能将她带进永恒而美丽的世界，带进那个更高层次的世界，她认为我对那个世界很熟悉。她和我讨论上帝、永生和奇迹。我从不认为一个人离开人世后，本人和自己的思想就会消失，于是回答道："是的，人是不朽的，我们将永生。"她听了，信了，也没要我去证明。

我们往回走，她突然停下来，说道：

"我们的莉达真了不起，不是吗？我非常爱她，任何时候，我都愿意为她献出生命。可是请您告诉我，"格尼娅伸出手指碰碰我的袖子，"告诉我，您为什么老是和她争论？为什么您很烦恼？"

"因为她不对。"

格尼娅摇摇头，热泪盈眶。

"无法理解！"她说道。这时，莉达刚好从什么地方回来，手里拿着马鞭，站在台阶上。在阳光的映衬下，苗条身材显得格外漂亮。她正在大声叮嘱一名雇工，然后匆匆忙忙接待了几个生病的村民。带着忙碌和焦虑的神情，她在房间里走来走去，不时打开这个柜子，打开那个柜子，然后上楼。大家找了她很长时间，喊她吃午饭。她进来时，我们已喝完汤。所有这些细节，至今我还记得一清二楚。那天虽然没有发生什么特别的事情，但是今天回忆起来还如身临其境。午饭后，格尼娅坐进圈椅开始看书，我坐在露台上。大家都不说话。天空乌云密布，下起毛毛细雨。天很闷热，也没有风，似乎这天永远都不会结束。叶卡捷琳娜也来到露台上，手里拿着扇子，有点昏昏欲睡。

"啊，妈妈，"格尼娅一边吻她的手，一边说道，"白天睡觉不好喔。"

母亲爱格尼娅，格尼娅也爱母亲。一个进了花园，另一个就会站在露台上，对着树林呼喊："喂，格尼娅！"或者"妈妈，你在哪儿？"她们总是一起祈祷，笃信上帝，即使不说话，也能相互理解。待人接物，母女俩如出一辙。叶卡捷琳娜很快就适应了我，也喜欢我。只要我两三天没有去，她就会派人来问我是不是生病了。她也会热心地打量我的素描画，和米修斯一样，很坦率，有话就说。她也会向我讲述发生的事情和自家的秘密。

母亲很崇拜自己的大女儿。莉达不喜欢说亲热话，只说正经事儿，她有自己的生活方式。在母亲和妹妹看来，她是一个很神圣，也很神秘的人，就像水兵们眼里的海军上将，总是坐在舰长室，令人琢磨不透。

"我们的莉达真了不起，"母亲经常说道，"不是吗？"

这时下起了蒙蒙细雨。

"她是个了不起的人，"母亲小心翼翼、四下张望了一下，好像在搞阴谋诡计，压低了声音，然后继续说道，"打着灯笼也找不到。只是，您也知道，我有点担心。学校啊，药房啊，书本啊，这些都很好，但是为什么要走极端呢？二十三岁了，该考虑个人问题了。一天到晚围着书本和药房转，一不留神，时间就过去了……该出嫁了。"

格尼娅看书太认真，脸色苍白，头发散乱。她抬起头，望着母亲，似乎在自言自语："妈妈，一切听从上帝安排。"

然后，她又埋头看书。

别洛库罗夫来了，穿着束腰外衣和绣花衬衫。天黑了，晚饭吃了很长时间。莉达又谈起学校和巴拉金——那个把全县都掌握在自己手里的人。晚上我离开时，感觉那天过得好漫长，人也太闲了。想到这个世界所有的一切无论持续多长时间终会走到尽头，我心里不禁一阵悲伤。

格尼娅把我们送到门口。也许是因为她陪我度过了一天，离开她，我倒觉得有点无聊。这一家子很有魅力，对我十分亲切。那个夏季，我第一次有了画画的冲动。

"请告诉我，您的生活为何这么苍白乏味呢？"和别洛库罗夫一起返回时，我问他。"我的生活很乏味、很单调，过得也很艰难，那是因为我是画家，一个怪人。羡慕别人、对自己不满、怀疑自己，多年来，为此饱受折磨。我一直很穷，到处漂泊。您呢，身体健康，一切正常，您有土地、有身份。为什么您的生活会这么无趣呢？为何生活没有给您带来什么？比如，您为什么没有爱上莉达或格尼娅呢？"

"您忘了，我爱另一个女人。"别洛库罗夫回答道。

这个女人和他住在一起，名叫柳博芙·伊万诺夫娜。我每天都能看到她，很丰满、很壮硕、很矜持，活像一只肥母鹅，穿着俄式连衣裙，戴着念珠，老是打一把小阳伞。仆人不停地喊她吃饭喝茶。三年前，她来这里租房避暑，就一直住了下来。很明显，她不会再离开。女人比他大十岁，把他管得很严，每次出门，都要请示她。她经常哭，很像男低音，深沉浑厚。我转告她，如果继续闹下去，我会立即搬走。然后，她就不哭了。

返回住处，别洛库罗夫坐在沙发上，皱着眉头，若有所思。我在房间里来回踱步，情意绵绵，似乎我恋爱了。我想说说沃尔恰尼诺夫娜一家人。

"莉达只会爱上地方自治会成员，而且要像她一样，把自己奉献给学校和医院，"我说道，"噢，为了她，不但要加入地方自治会，还要踏破铁鞋，就像追求童话故事里的姑娘一样。米修斯呢？太可爱啦，米修斯！"

别洛库罗夫慢吞吞地说道，"哎呀"，然后啰啰唆唆，大谈社会问题——悲观主义。他振振有词，好像我在和他一决高下。究竟什么会让人更沮丧？是几百公里荒无人烟、单调乏味、烧得精光的大草原呢？还是一个人坐下来高谈阔论，又不知道他什么时候离开？

"这不是悲观主义或乐观主义的问题，"我烦躁地说道，"问题在于百分之九十九的人都没有头脑！"

别洛库罗夫认为这是针对他，一气之下走开了。

三

"公爵在玛洛焦莫沃村做客，他向您问好。"莉达刚进屋，正在脱手套，就对母亲说，"他给我讲了很多新闻，很有趣……他答应在省地方自治局代表会议上，再次提议在玛洛焦莫沃村设立医务室，但是他说希望不大。"她转过身，对我说："对不起，我又忘了，您可能对这个不感兴趣。"

我有点恼火。

"我为什么不感兴趣呢？"我耸耸肩，"您并不想知道我的看法，但是我敢保证，我对这个问题很感兴趣。"

"是吗？"

"是的。我认为，那里并不需要医务室。"

我的情绪影响了她。她看了我一下，眯着眼睛，问道：

"那需要什么呢？风景画吗？"

"风景画也不需要。什么都不需要。"

她脱下手套，打开刚送来的报纸。过了一会儿，她平静地说道，显然在克制自己：

"上周，安娜难产死了，如果有医务室，她就会活下来。我认为，即使是风景画家，对此也应该有他的明确观点。"

我回答道："我的观点很明确，我敢保证。"她用报纸遮住自己，似乎不愿听我讲话。

"我认为，在现有条件下，所有这些学校、药房、图书馆和医务室，只会加重对人民的奴役。一条巨大的锁链套在了农民的身上，你不去打开这条锁链，反而让它更加牢固——这就是我的看法。"

她抬头看了我一眼，报以讥讽的微笑。我继续说下去，竭力阐述我的观点：

"问题不在于安娜死于难产，而在于她们起早贪黑，超强劳动，肯定会生病。为了挨饿生病的孩子，她们一辈子都在焦虑。她们一辈子都在看病，害怕生病，害怕死亡，生活黯淡，未老先衰，在污秽和恶臭里死去。她们的孩子长大了，又会重复她们的经历，一代又一代，就这样持续了几百年。千千万万的人过着猪狗不如的生活，只为了一块面包，成天担惊受怕。他们的处境之所以可怕，是因为他们没有时间去思考自己的灵魂、外在和假象。饥寒交迫、本能恐惧、艰辛劳动，就像雪崩一样，堵住了他们追求精神生活的每条道路。只有精神生活，才是人区别于牲畜的标志；只有有精神生活，生命才会有意义、有价值。通过医疗和教育帮助他们，并不能让他们摆脱束缚。恰好相反，他们身上的锁链会套得更紧，因为偏见越多，他们的需求会越多，购买药品和书籍，他们总得给地方自治会付钱吧！也就是说，他们会比以前更加辛苦。"

"我不想和您争论，"莉达放下报纸，说道，"这些我早有耳闻。我只想说，不要袖手旁观。是的，我们无法拯救人类，而且我们可能犯了很多错误，但是我们力所能及，我们没有错。一个文明人，最崇高最神圣的使命，就是为周围的人服务，我们尽力而为。您不喜欢，但一个人不可能让大家都满意。"

"莉达说得对，"母亲附和道，"说得对。"

有莉达在场，她总是很胆怯，一边说话，一边不安地看着女儿，生怕说废话或者不合时宜。她从来不反驳，总是随声附和："说得对，莉达说得对。"

"教农民识字，分发书本——内容无非是那些行为准则和押韵诗歌，设立医务室，这些既不能消除愚昧，也不能降低死亡率，正如你们家里的灯光，透过窗户无法照亮外面的大花园一样。"我说道，"您什么也没有给他们。干预他们的生活，只能增加他们的需求，他们就得为此付出更多艰辛劳动。"

"啊，天哪！人总要做点事情吧！"莉达很恼火。听这语气，她分明认为我的观点毫无价值，不屑一顾。

"人们必须从艰辛的劳动中解放出来，"我说道，"必须减轻他们的负担，给他们喘息的机会，他们不必一辈子忙里忙外，让他们有时间去思考灵魂和上帝，有时间追求精神生活。人最崇高的使命就是追求精神生活，也就是对真理和人生价值的永恒追求。他们无需从事繁重的体力劳动，给他们自由，到时您就会觉得那些书本和药房实在可笑。一旦人意识到了他的真正使命，那么只有宗教、科学和艺术才会满足他的需求，而不是这些本末倒置的东西。"

"从劳动中解放出来？"莉达笑道，"这可能吗？"

"是的。您可以分担他们的劳动。如果我们大家，包括市民和农民，毫无例外，同意为满足自身物质需求分担相应的劳动，那么每个人的工作时间一天或许不超过两三个小时。试想，如果我们大家，包括富人和穷人，一天只工作三个小时，那么其余时间我们就不用干活了。试想，为了减少体力劳动，减少工作量，我们发明机器代替我们劳动，并最大限度地减少我们的需求。锻炼自己，锻炼孩子，他们不担心忍饥挨饿，我们不必为安娜们的健康担惊受怕。试想，我们不看病，不开药房，不开烟厂，不开酒厂，这会给我们节约多少时间啊？大家都有时间去献身科学和艺术。正如农民可以一起劳动，大家也可以一起去修路。同样，我们可以共同追求真理和人生价值。我深信，我们很快就会发现真理，人类可以摆脱长期以来对死亡的恐惧，这种恐惧令人焦虑、让人窒息，甚至我们还可以摆脱死亡，获得永生。"

"好像您自相矛盾了，"莉达说，"您说到科学，却又否定基础教育。"

"如果只能认识酒馆招牌上面的几个字，看几本书，却根本不理解，这样的基础教育自从留里克[1]时代就延续下来了；果戈里笔下的彼得鲁什卡很早就会认字，正如留里克时代的乡村，过去是什么样子，现在还是什么样子。我们需要的不是基础教育，而是广泛追求精神生活的自由。我们需要的不是小学，而是大学。"

"您还反对医学。"

"是的。只有将疾病作为自然现象研究，而非治疗疾病时，医学才是必需的。如果必须治疗，那也不是针对疾病，而是针对病因。消除主要病因——体力劳动，就不会有疾病。我不相信有治疗疾病的科学，"我很激动，继续说道，"真正的科学和艺术，不是解决临时的局部问题，而是解决永恒的全局问题。科学和艺术旨在追求真理和人生价值，追寻上帝，追寻灵魂。如果科学和艺术只是与当前的需求和邪恶联系在一起，那么生活只会变得更加复杂、更加沉重。我们有很多医生、药剂师、律师，有很多识文断字的人，但是却没有生物学家、数学家、哲学家和诗人。我们所有聪明才智和精神力量，用来满足的需求都是暂时的，转瞬即逝。多亏了科学家、作家和艺术家的辛勤劳动，我们的生活才会越来越轻松。我们的物质需求不断增长，探索真理却遥遥无

---

[1] 据史书记载，留里克为公元 9 世纪诺夫哥罗德大公，留里克王朝奠基人。

期，人类依旧是最贪婪、最肮脏的动物。事物的发展趋向是，人类的大多数能力将会退化，并将永远丧失一切适应生活的能力。在这种情况下，艺术家的工作就没有任何意义。越有才能，处境就越奇怪、越费解。因为在别人看来，他显然是在取悦贪婪肮脏的动物，维护现行秩序。我不想工作，也不会工作……没有意义，让地球去毁灭吧！"

"米修斯，你出去！"莉达对妹妹说，显然她认为我说的话对小姑娘有害无益。

格尼娅忧伤地看看姐姐和母亲，走出了房间。

"为自己的冷漠辩解，就会有这种妙论。"莉达说，"否定学校、否定医院，要比育人治病容易。"

"说得对，莉达说得对。"母亲附和道。

"您威胁放弃工作，"莉达继续说道，"显然，您高估了自己。我们不要争论了，反正也谈不到一块儿，我认为药房和图书馆，即使最不完美，它也比任何风景画都重要，尽管您不屑一顾。"说到这儿，她立即转过身，面向母亲，用完全不同的语气说道："自从上次我们见面后，公爵变化很大，瘦了很多。家人准备送他到维希[1]去。"

她提起公爵，显然是不想和我说话了。她满脸通红，为了掩

---

[1] 法国的一个疗养城市。

饰自己的情绪，她就像近视眼一样，坐在桌子旁边，低下头，假装看报。我待在那里显然不太合适，于是向她们告辞。

四

外面静悄悄的。池塘对岸，人们已经入睡，看不到一点灯光，只有星星映在水面上，很朦胧。格尼娅站在门前石狮旁，一动不动，等着送我。

"村里人都睡了，"我说着，竭力在黑暗中看清她的脸，却发现她那双黑色的眼睛一直盯着我，十分忧郁，"酒店掌柜和盗马贼都进入了梦乡，我们这些受过教育的人却在争论不休，相互较劲。"

这个夜晚让人悲伤。八月，我能感到一丝秋意。月亮升起来了，躲在紫色的云彩里。月光下，路上朦朦胧胧，两边的冬麦田影影绰绰。天空偶尔划过一道流星。我和格尼娅沿路向前走，她尽力不去看天空，以免看到流星。不知什么原因，她害怕看到流星。

"我认为您说得对，"夜晚的空气很湿润，她打着冷战说道，"如果大家共同致力于精神生活，那么就会很快了解一切真相。"

"当然。我们是万物之灵。如果我们真的能够认识到人类智慧的全部力量，而且能够为崇高目标而奋斗，那么我们最终会变成神。但是这永远不可能发生，人类将会退化，直到智慧的痕迹消失殆尽。"

已经看不见大门了。格尼娅停下来，和我握手。

"晚安，"她说道，打着哆嗦。她穿了一件衬衫，冷得缩成一团，"明天您再来。"

想到自己孤身一人，生着闷气，对别人不满，对自己也不满，我很难过。我也尽力不去看天上的流星。"再待一会儿吧，"我说道，"我求您了。"

我爱格尼娅，因为我来时，她接我；我走时，她送我；她总是很温柔、很热情地看着我。她的脸色很苍白，她的脖颈很娇嫩，她的手臂很纤细，她的身体很柔弱，她与世无争，她喜欢看书，如此美妙，怎能不触动我的心弦！那么智慧呢？我怀疑她的智慧高于普通人。她眼界开阔，我很钦佩，也许这是因为她和姐姐有所不同，何况莉达也不喜欢我。格尼娅喜欢我，因为我是一个画家。我的才能征服了她，我也渴望为她一个人画画。我梦想她能成为我的小皇后，我们将共同拥有这里的树林、田野、雾霭和黎明，拥有这片迷人的风景，虽然我在这里仍然感到很孤独，就像是个多余的人。

"再待一会儿吧，"我央求道，"我求求您。"

我脱下大衣，披在她冰凉的肩上。她怕穿着男人的大衣很难看、很荒诞，于是笑了起来，然后甩掉大衣。那一刻，我把她搂在怀里，吻她的脸，吻她的肩，吻她的手。

"我们家，"她低声说道，然后温柔地拥抱我，似乎害怕打破这片宁静，"即使有秘密，也不能隔夜。我得马上告诉她们……好可怕啊！妈妈倒没什么，她也喜欢您，可是莉达！"

她朝大门跑去。

"再见！"她喊了一声。

我听见她一直在跑，足有两分钟。我不想返回住处，再说回去也无事可做。我站了一会儿，很犹豫，然后慢慢地原路返回，想再看看她的家。那栋古朴、可爱的房子，似乎它透过阁楼的窗户在看着我，什么都知道了。我走过露台，坐在网球场的椅子上。老榆树下，黑夜沉沉，我望着这栋房子。米修斯的卧室在阁楼上，透过窗户，看见里面亮起了一盏灯，然后变成绿色，很柔和，那是因为盖上了灯罩。里面的身影开始移动……我的内心很平静、很祥和，也很欣慰，欣慰的是我心有所爱、心有所归。可是一想到几步开外，还住着不喜欢我，甚至可能还恨我的莉达，我心里就很难过。我一直坐在那里，想着格尼娅会不会出来。我侧耳倾听，似乎觉得楼上有人在说话。

大约过了一小时，绿灯熄了，看不见里面的身影。月亮高高地挂在屋顶上空，照耀着沉睡的花园和小路。我分明看见了房屋前面的大丽花和玫瑰花，好像都是一种颜色。天很冷了。我走出花园，捡起路上的大衣，慢慢地往回走。

第二天午饭后，我又来到沃尔恰尼诺夫娜家。花园的玻璃门开着。我坐在露台上，希望看到格尼娅突然从花坛后面、从林荫道里走出来，或者我能听到她在里面说话。我走进客厅和餐厅，里面也没有人。离开餐厅，我沿着一条长长的走廊来到大厅，然后又原路返回。走廊里有好几扇门。透过一扇门，我听见莉达的声音：

"上帝……送给……乌鸦……"她大声强调，可能在给学生听写，"上帝送给乌鸦一块奶酪……乌鸦……一块奶酪……谁在外面？"她听见我的脚步声，突然问道。

"是我。"

"哦！对不起，我这会儿不能出来见您，我正在给达莎上课。"

"您妈妈在花园吗？"

"没有，她和妹妹今天早晨动身去奔萨省姨妈家了。冬天，她们可能去国外……"她停顿了一下，然后继续说道，"上帝送给……乌鸦……一块奶酪……你写完了吗？"

我走进大厅，茫然地望着池塘和村庄，耳边又传来莉达的声音："一块奶酪……上帝送给乌鸦一块奶酪……"

我往回走，是第一次来这儿的路线：先从院子进入花园，经过房子，然后是椴树林荫道……这时一个小男孩追上来，递给我一张字条，上面写着：

"我都告诉姐姐了，她要我和您分手。我只能服从她，不想让她伤心。上帝会给您幸福。请原谅我。但愿您能知道我和妈妈怎样伤心落泪！"

然后是那条幽暗的古枞树林荫道，篱笆已经倒了……田野里，当初黑麦扬花、鹌鹑鸣叫，如今只有牛儿和绊腿的马儿。山坡上，一块一块的冬麦地绿油油的。一切都那么平淡无奇。想起在沃尔恰尼诺夫娜家的慷慨陈词，自己感到十分羞愧，生活也枯燥无味，仿佛又回到了过去。我回到住处，收拾行李，当天晚上动身赶往彼得堡。

此后，我再也没有见到沃尔恰尼诺夫娜一家人。不久前，我去克里米亚，在火车上遇见了别洛库罗夫。他还是穿着束腰外套和绣花衬衫。我问他还好吗，他说感谢上帝，他还好。我们交谈起来。他已经出售了老房子，用柳博芙·伊万诺夫娜的名义购置了一处小田庄。关于沃尔恰尼诺夫娜一家人，他谈得不多。他说，莉达仍然住在谢尔科夫卡，在学校当老师。慢慢地，她的周围聚集了一群支持者，建立了一个强有力的组织，在最近一次选举中，打败了巴拉金——那个把全县都掌握在自己手里的人。关于格尼娅，别洛库罗夫只提到，她没有在家里住，也不知道她在什么地方。

那栋老房子，我已淡忘，只有在绘画和读书时，才会无缘无故想起透过窗户的绿色灯光，想起那晚走过田野的脚步声，那时虽然搓手御寒，内心却充满了爱。在我孤独、难过、沮丧的时候，我偶尔会想起那段经历，往事如烟，日渐模糊。但是慢慢地，我感觉她也在想我，也在等我。相信有一天，我们终将重逢……

　　米修斯，你在哪儿？

挂 在 脖 子 上 的 安 娜

这一刻，她才意识到自己只为喧嚣浮华而生。她不害怕了。

一

　　婚礼结束后，新婚夫妇甚至来不及吃点清淡食品，只喝了一杯香槟，便穿上旅行装，乘车前往火车站。没有舞会和晚宴，没有音乐和舞蹈，他们旅行二百四十公里去朝圣。很多人对此表示认可，说莫杰斯特·阿历克塞伊奇身居高位，不再年轻，喧闹的婚礼似乎也不太合适。再说五十二岁的政府官员娶了一位十八岁的姑娘，即使有音乐，也很沉闷。人们还说，莫杰斯特是一个讲原则的人，他安排这次朝圣之旅，是想让新娘明白，结婚以后，他会将宗教和道德置于首位。

　　大家在车站为幸福的新婚夫妇送行。他们端着酒杯，等待火车出发，然后欢呼"乌拉！"新娘的父亲彼得·列翁季伊奇头戴礼帽，身穿教师工作服，已经喝醉了，脸色苍白。他举着酒杯，面向窗口探着身子，恳求地说道：

　　"安妞塔！阿尼娅[1]！阿尼娅，就一句话！"

---

[1] 安妞塔和阿尼娅均为安娜小名。

安娜探出窗外。父亲和她低声说话，一股酒气迎面扑来，什么也听不清。他在安娜脸上、胸前和手上画十字，气喘吁吁，眼里噙着泪水。安娜的两个弟弟——彼佳和安德留沙——在身后拉着他的衣服，一脸困惑，小声说道：

"爸爸，行了……爸爸，行了……"

火车开了。父亲跟着跑了几步，踉踉跄跄，酒也洒出来了。父爱写在脸上，既愧疚，又可怜。

"乌——拉——！"他大声喊道。

现在只剩下新婚夫妇。丈夫打量了一下包间，把东西放在行李架上，然后坐在妻子对面，满面春风。新郎中等个子，圆滚身材，十分强壮，保养得很好，留着长络腮胡，没有髭须。下巴圆圆的，轮廓分明，刮得很干净，看起来像脚后跟。他面部最明显的特征就是没有唇须，整个上唇光秃秃的，两边的脸颊胖乎乎的，像果冻一样颤动着。他是一个有尊严的人，举止端庄，态度温和。

"我想起一件事儿，"他笑着说，"五年前，科索罗托夫获得二级圣安娜勋章，登门感谢长官。长官说：'你现在有三个安娜了：一个在扣眼里，两个在脖子上。'当时科索罗托夫的妻子名叫安娜，爱吵嘴，很轻佻，刚回到他身边。我相信如果我获得二级圣安娜勋章，长官就不会说这种话。"

丈夫微笑着，眼睛很小，嘴唇既肥厚又湿润。妻子也笑了，但是一想到他任何时候都会吻她，却无法拒绝，心里很不自在。肥胖身躯即使有轻微动作，也会吓着她，让她又害怕又厌恶。他站起来，不慌不忙地取下勋章，脱掉外套和马甲，然后穿上睡衣。

"这下好了。"他说道，在安娜旁边坐下。

想起今天的婚礼，她觉得那是一场灾难，似乎神父、宾客和教堂里的每个人都在伤心地看着她，都在问：像她这样漂亮可爱的姑娘，为什么要嫁给这个无聊乏味的老头？只有今天上午，一切安排妥当，她才高兴了一会儿。但是在举行婚礼时和这一刻，她有种受骗的感觉，很内疚、很荒唐。她嫁给了有钱人，但还是身无分文，结婚礼服还是借钱买的。爸爸、弟弟和她道别时，看得出他们也没有钱。他们会吃晚饭吗？明天呢？没有她在身边，爸爸和弟弟今晚一定会挨饿。母亲葬礼结束后的第二天，她也是这么想。

"唉，我好难过！"她思忖道，"为什么会这样？"

丈夫恪守习惯、一成不变，不善于和女人打交道。他笨拙地碰碰她的腰，拍拍她的肩，而安娜还在想着钱的事情，思念离开人世的母亲。父亲在中学教书法绘画课，母亲去世后，他开始酗酒，家里穷困潦倒。两个弟弟没有靴子和鞋子，父亲被人扭送到法院，然后警察来抄家……真丢人！安娜得照看醉酒的父亲，给弟弟们补袜子，去集市买东西……别人夸她年轻漂亮、举止优雅时，她似乎觉得大家都在盯着头上的廉价帽子和靴子上涂着墨水的窟窿。一到晚上，她就以泪洗面、心神不宁，害怕学校辞退父亲，他受不了这种打击，会和母亲一样离开人世。于是亲朋好友开始为安娜张罗婚事，他们找到了莫杰斯特。他既不年轻，也不好看，但是很有钱，银行里有十万存款，还有一处房产，已经出租。莫杰斯特讲原则，深得长官信赖。有人告诉安娜，不让学校辞退爸爸，对莫杰斯特来说易如反掌，只需要长官给中学董事会，甚至教育局长写封信就可以了。

她正想着，突然从窗外传来喧哗声和音乐旋律。火车靠站了。月台外面的人群里，有人在轻快地拉着手风琴和小提琴。劣质小提琴发出吱吱嘎嘎的声音。月光下，军乐队正在别墅区、白桦林和杨树林那边演奏，他们肯定在举行舞会。乘着好天气，避暑游客和城里人坐火车来到这里，呼吸新鲜空气，在月台上散步。大富翁阿尔狄诺夫就是其中之一，这里所有的别墅都是他的。他又高又胖，皮肤黝黑，眼睛突出，看起来像亚美尼亚人。他穿着古怪，敞开衬衫，袒胸露乳，一双高筒靴带着马刺，黑色披风从双肩一直落到地上，像裙裾一样，两条猎狗跟在身后，尖尖的鼻子在地上嗅来嗅去。

安娜眼里还噙着泪水，但她这会儿没有想母亲、金钱和婚姻的事情，而是和认识的学生和军官握手，面带微笑，快言快语：

"您好！过得还好吗？"

她走到站台上，在月光下，好让大家欣赏自己的华丽新衣和漂亮帽子。

"为什么在这里停车？"她问道。

"这里是枢纽站，他们正在等一列邮车经过。"

看见阿尔狄诺夫正在打量自己，她便娇媚地眯着眼睛，开始用法语高谈阔论。她听着悠扬的旋律，看着池塘的月色。阿尔狄诺夫，闻名遐迩的风流男子和万众瞩目的幸运儿，正痴迷地看着她。大家都很兴奋。这些都让安娜心花怒放。火车又出发了，军官们向她敬礼道别，她跟着远处的军乐声哼起了波尔卡舞曲。回到包间，她似乎觉得，不管怎么样，以后她肯定会很幸福，就像在月台上看到的那样。

新婚夫妇在修道院住了两天，然后回到城里。他们住公寓楼，不交任何租金。丈夫上班，安娜在家弹弹钢琴，烦闷时哭一会儿，或者靠在沙发上看看小说，翻翻时装杂志。午餐，丈夫吃很多，一边谈论政治观点、人事任命、工作调动、职务升迁和努力工作的必要性。他说家庭生活不是享乐，而是尽职，存一百个戈比，就有一卢布。他认为宗教和道德高于一切。他握着餐刀，就像挥舞着宝剑，说道：

"每个人必须尽职尽责！"

安娜听他说话，心里很害怕，吃不下饭，常常饿着肚子离开餐桌。午餐后，丈夫躺下打盹儿，很快鼾声大作。安娜回家看望父亲和两个弟弟，他们用异样的眼神看着她，似乎刚刚还在责备她为了金钱才嫁给一个无聊乏味、并不相爱的男人。她穿的裙子沙沙作响，珠光宝气让他们很不自在，简直就是一种冒犯。他们有点尴尬，不知道该说什么好。但是亲情如故，没有她，爸爸和弟弟吃饭也不习惯。她坐下来，和他们一起喝菜汤，喝稀饭，吃煎土豆，尽管还有一股羊油味。父亲用颤抖的手倒了一杯酒，一饮而尽，有点贪婪，也有点反感，接着倒第二杯、第三杯……弟弟彼佳和安德留沙脸色苍白，睁着大眼睛，夺过父亲的酒瓶，绝望地说：

"别喝了，爸爸……够了，爸爸……"

安娜很不安，央求他不要喝了。他却勃然大怒，用拳头捶着桌子。

"谁敢管我！"他大声喊道，"坏小子！坏丫头！给我滚出去！"

可是他的语气却很软弱，天性善良，所以谁也不怕他。午饭后，他穿上最好的衣服。他脸色苍白，下巴有一道刮破的口子，伸着细长脖子，在镜子前一站就是半个小时：化妆，梳头，捻黑胡子，往身上洒香水，再打个蝴蝶领结，然后戴上手套和礼帽，出门做家教。如果是节日，他会待在家里画画，或者弹风琴。风琴呼哧呼哧，轰隆作响。他使出浑身解数，努力让乐声和谐悦耳，有时还会自弹自唱，或者冲着两个孩子大发雷霆：

"混账！没用的东西！你们把风琴弄坏了！"

晚上，安娜的丈夫和同事们一起打牌，他们都住在政府公寓楼。太太们长相丑陋，行为粗野，穿着毫无品味，很像厨娘。她们聚在一起，说长道短，粗俗无聊。有时，丈夫会带着安娜出去看戏。幕间休息时，他决不会让她离开，而是让她挽着自己在走廊和门厅里来回踱步。当他向某人鞠躬时，他会立即咬着安娜的耳朵说"五品文官……长官接见过他……"或者"这人很有钱……有房子"。经过小卖部时，安娜很想买点甜食，她喜欢巧克力和苹果馅蛋糕。但是她没有钱，也不愿意向丈夫要钱。他会拿起一个梨子，用手指头捏住，迟疑地问道：

"多少钱？"

"二十五戈比。"

"我说呢！"他回应道，然后把梨放回原处。可是什么都不买就离开，他也觉得说不过去，于是要了一瓶矿泉水，自己一饮而尽，眼里冒着泪花。这时，安娜就很厌恶他。

他突然涨红脸，急忙对她说：

"向那位老妇人鞠躬！"

"可是我不认识她啊。"

"没关系。她是税务局长夫人！鞠躬啊，我告诉你啦！"他一直唠叨，"你的头又不会掉。"

安娜鞠了躬，她的头当然没有掉，但内心却十分痛苦。丈夫要她做什么，她就得做什么，她很愤怒，但只能生闷气：让他来欺骗自己，活像个大白痴。嫁给他只是为了钱，可是现在的钱还没有结婚前多。那时，父亲还会给她二十戈比，现在却一文不名。

偷偷拿钱或者向丈夫要钱，她做不到。她很怕他，在他面前总是战战兢兢，似乎对他的恐惧由来已久。小时候，她总认为中学校长最威严、最可怕，就像雷雨或者蒸汽机车一样，随时都可以粉碎自己。那位长官也是如此，在家里他们经常提起他，不知什么原因，大家对他总是诚惶诚恐。另外十几个人就好多了，包括中学教师，上唇胡须刮得一干二净、色厉内荏、冥顽不化。现在丈夫也加入了，一个讲原则的男人，甚至连面孔都和中学校长一模一样。在安娜想象中，他们变成了一个人，好像是一头可怕的大白熊，危及软弱有过失的人，比如她父亲。她说话很谨慎，害怕忤逆丈夫。每当丈夫粗暴地拥抱、爱抚或糟蹋她时，她总是胆战心惊，却只能强作欢颜。有一次，为了偿还一笔恼人的债务，父亲壮着胆子向丈夫借了五十卢布，那个场面真的不堪回首！

"很好，钱我借给你，"丈夫想了一会儿，然后说道，"但是我要警告你，如果不戒酒，今后我不会再帮你。身为国家公职人员，有这种恶习极为可耻。我必须提醒你：众所周知，这种恶习毁了多少能干的人，如果能够克制自己，完全可以飞黄腾达。"

接下来是一阵长篇大论："因为……"，"如上所说……"，

"由此看来……"。父亲饱受羞辱，只能借酒浇愁。

两个弟弟有时来看望姐姐，他们总是穿着烂裤子破靴子，照例由他教训一番。

"每个人必须尽职尽责！"丈夫对他们说。

丈夫没有给弟弟一分钱。但是他给安娜送手镯、戒指和胸针，说遇到困难，可以派上用场。他经常打开抽屉，检查这些东西是否都在。

二

冬天到了。离圣诞节还有很长时间，当地报纸登出消息：一年一度的圣诞舞会将于十二月二十九日在贵族俱乐部举行。每天晚上打完牌后，莫杰斯特兴奋地和同事夫人们窃窃私语，瞥一眼安娜，然后在房间里来回踱步，想着什么事情。有一天晚上，他对安娜说：

"你得做一身舞裙，明白吗？你先请教一下玛丽亚·格里戈里耶夫娜和纳塔利娅·库兹明尼希娜。"

丈夫给了安娜一百卢布，她收下了。但是她在定做舞裙时，没有请教任何人，只是和父亲说了一下。她想象母亲参加舞会该如何着装。以前，她的母亲穿得很时髦，总是在安娜身上花心思，把她打扮得像个洋娃娃，还教她说法语，教她如何优雅地跳玛祖卡舞[1]（出嫁前，还做了五年家庭教师）。安娜和母亲一样，可以把旧裙子改成新裙子，用汽油洗手套，租用珠宝首饰。她和母亲一样，知道如何挤眉弄眼，如何风姿绰约，如何神采飞扬，如何一脸忧伤，又如何高深莫测。父亲给了她黑色的头发和眼睛，她继承了神经过敏的特质，也习惯将女人之美发挥到极致。

赴会前半小时，丈夫还没穿礼服就走进她的房间，准备在穿衣镜前戴勋章。那身新做的华丽薄纱舞衣，还有安娜的美貌，让他惊讶不已。他得意地理着络腮胡子，说道：

"这才是我的爱妻……这才是你啊！安纽塔！"他一本正经地说道，"有了我，你才如此幸运。今天，请你帮我做点事情。请你引荐一下长官夫人！看在上帝的分上！有她帮忙，我就能弄到主任奏事官的职位了！"

他们赶往舞会现场。贵族俱乐部大门口站着服务生。大厅张灯结彩，衣帽架上挂着很多皮大衣，侍者来回穿梭，袒胸露背的女士们用扇子遮挡穿堂风。能够闻到汽油和军人的气味。安娜挽着丈夫上楼，听着音乐，对着大镜子打量自己，顿时喜形于色，感觉幸福马上就要降临，就像在月光下的火车站台上那样。她款款而行，既自豪又自信，第一次意识到自己不再是小姑娘，而是一位女士。她不知不觉模仿母亲的步态和风度，平生第一次感觉

---

[1] 波兰的一种民间舞。

自己很殷实，很自由。即使丈夫在场，她也不觉得压抑，因为在进入大厅的那一刻，她本能地意识到，身边的年老丈夫丝毫不会贬低自己，相反倒会给自己平添一丝神秘色彩，这对男人极富吸引力。大厅里正在演奏音乐，舞会已经开始了。离开公寓，来到舞厅，这里色彩缤纷、灯火辉煌、乐声悠扬、人声鼎沸。安娜四周打量了一下，不由感叹道："啊，好美啊！"她在人群里立刻认出了所有熟人，以前在聚会或野餐时见过的每个人：军官、教员、律师、文官、地主、长官、阿尔狄诺夫，还有上流社会的女士们。她们身着盛装、打扮入时，有的漂亮，有的丑陋。她们在义卖摊位和售货亭里已经就位，为周济穷人举行义卖。一个佩戴肩章的魁梧军官好像刚从地下冒出来，请安娜跳一曲华尔兹。安娜上中学时，在老基辅街，经人引荐认识了这位军官，现在已经记不起他的名字了。军官将她从丈夫身边带走，翩翩起舞。此刻，她感觉自己好像坐在帆船上，在狂风暴雨中随波逐流，将丈夫远远地抛在了岸边。她的舞姿热情奔放，一曲华尔兹，接着是波尔卡和卡德里尔，一个舞伴跳累了，另一个舞伴赶紧抢过来。悠扬的旋律声，人群的喧闹声，让她如痴如醉。说话时，她娇媚欲滴，俄语夹杂法语，尽情欢笑，无暇顾及丈夫或别人。男人们为她侧目，显而易见，也毫无意外。她兴奋得喘不过气来，感到口渴，捏着扇子，一阵痉挛。父亲穿一件礼服，皱巴巴的，还有一股汽油味。他走到女儿面前，递给她一盘粉色冰淇淋。

"今晚你真迷人！"他兴高采烈地看着她，说道，"我从来没有像今天这么后悔，匆匆忙忙把你嫁出去……为了什么？我知道你是为我们好，可是……"他用颤抖的手拿出一沓钞票，"今天我领了薪水，可以还你丈夫了。"

她把冰淇淋盘子塞到父亲手里，很快被人远远地带进了舞池。她瞥了一眼，看见父亲搂着一位女士在大厅里滑过地板，翩翩起舞。

"他清醒的时候多可爱啊！"她心里想道。

她和那个魁梧军官一起跳玛祖卡舞。他很严肃，步伐沉重，虽然穿着军装，却如行尸走肉。他抽动着肩膀和胸膛，无精打采地踏着舞步，似乎害怕跳舞，似乎也不情愿。她在他身边飘来飘去，用自己的美貌和裸露的脖颈挑逗他。她的眼神充满了火焰，她的舞姿充满了激情，而军官却越来越冷淡，似乎是国王将双手恩赐于她而已。

"太棒了！太棒了！"人群一阵欢呼。

渐渐地，军官开始爆发了，他活跃起来，兴奋起来，臣服于她的魅力，为她入迷、如痴如醉。他的舞姿变得轻快了，充满朝气，而她只是舞动双肩，狡黠地看着他，似乎现在，她才是女王，而他只是奴隶。那一刻，她能感觉到，大厅里所有人都在看着他们，大家都惊呆了，心里嫉妒他们。这位军官还没有来得及道谢，人群突然分开，闪出一条道，男人们奇怪地保持立正姿势。

原来是长官驾临。他佩戴两枚星章，向安娜走来。是的，长官直接向她走来，眼睛直勾勾地盯着她，满脸媚笑，舔着嘴唇。他看见漂亮女人一向如此。

"很高兴，很高兴……"他发话了，"我要下令把您的丈夫关起来，竟敢金屋藏娇，一直瞒着我们。我太太要找您，"他伸出手臂，继续说道，"您必须帮助我们……嗯，是的……我们应当给您颁发美人奖……就像美国那样……嗯，是的……美国人喜欢选美……我太太正急着等您呢。"

他把她带到一个售货亭，引见了一位中年妇女。这位太太的脸蛋下边很大，简直不成比例，似乎嘴里含着一块大石头。

"您必须帮我们，"她带着鼻音说话，好像唱歌一样，"所有漂亮女人都在参加义卖，只有您一个人在自娱自乐，您为什么不帮助我们？"

她走开了，安娜坐在她的位置上，守着几只杯子和一把银制大茶壶。很快这里就顾客盈门。喝一杯茶，收费至少一个卢布。安娜让那位魁梧的军官喝了三杯。鼓眼睛大富翁阿尔狄诺夫也来了，他有哮喘病。这次他和大家一样，身着燕尾服，而不是夏天在火车站看到的那种奇装异服。他目不转睛地盯着安娜，喝了一杯香槟酒，付了一百卢布，接着又喝茶，又给了一百卢布，却一言不发，因为哮喘病犯了，呼吸急促……安娜招徕顾客，斟茶倒水，然后收钱。这一刻，她深信不疑，自己的笑容和眼神给人们带来了极大的快乐。这一刻，她才意识到自己只为喧嚣浮华而生，有音乐、有舞蹈、有崇拜者，这样的生活五彩斑斓、充满欢笑。现在看来，过去为之恐惧、摧毁自己、威胁粉碎自己的那些人是多么荒谬。现在她不害怕了，只是惋惜母亲不能和她一起见证成功，分享快乐。

这会儿，父亲脸色苍白，但还能站稳。他来到售货亭，要了一杯白兰地。安娜的脸涨红了，担心他说话不着边际（有这样平庸潦倒的父亲，她很羞愧）。他一饮而尽，从一沓钞票中取出十卢布，扔到一边，自豪地走了，一句话也没说。一会儿，她看到父亲在跳穿梭舞，他跟跟跄跄、吵吵嚷嚷，弄得舞伴一头雾水。安娜想起三年前舞会上，他也是这样摇摇晃晃、说个不停，最后被警察带回家睡觉，第二天校长威胁要辞退他。想起来，真的是大煞风景！

售货亭茶饮售罄，疲惫不堪的女士们将收入上交长官夫人。这时阿尔狄诺夫走过来，挽着安娜来到餐厅，参加义卖活动答谢晚宴，来宾不超过二十人，但十分热闹。长官致辞："本次活动的宗旨是建设经济型食堂。我提议在这个富丽堂皇的餐厅，为慈善事业取得成功干杯！"

一名陆军准将提议为"连大炮也甘拜下风的领导"干杯，男士们和女士们碰杯畅饮，其乐融融。

晚宴结束后，安娜被护送回家。这时，天已经亮了，厨子们准备去集市买东西。她心情愉快，兴奋不已，满脑子新鲜事，但人很疲倦。她脱去衣服，钻进被窝，很快入睡……

下午一点过，女仆把她喊醒，说阿尔狄诺夫先生来了。她迅速穿好衣服，来到客厅。阿尔狄诺夫离开后不久，长官亲自来感谢她参加义卖活动。他满脸媚笑，舔着嘴唇，亲她的手，并被允许再次登门拜访，然后坐车走了。她站在客厅中央，又惊讶又兴奋，不相信她的生活会发生这么大的变化，而且这么快就变成现实。正在这时，丈夫走进来……他站在安娜面前，竭力讨好她，满脸媚笑、卑躬屈膝、毕恭毕敬。在有权有势的老爷们面前，他也是这副模样，安娜早已习惯了。她很高兴，很愤怒，也很轻蔑她的丈夫，相信此人从此无害，于是口齿清晰地吐出每个字：

"出去，蠢货！"

从那以后，安娜一天到晚忙个不停，因为她要出去野餐、郊游或表演。她每天午夜才回家，睡在客厅地板上，事后还动情地告诉大家自己如何睡在花丛中。她需要很多钱，但她再也不怕丈夫了，花他的钱就像花自己的一样。她不会张口要钱，只是让他直接付账，或者写张便条："给此人二百卢布"，"立即支付一百卢布"。

复活节，丈夫获得二级圣安娜勋章。他去致谢时，长官把报纸放到一边，安详地躺在椅子里。

"这么说，你现在有三个安娜了，"长官一面看着自己雪白的手和粉色的指甲，一面说道，"一个在扣眼里，两个在脖子上。"

莫杰斯特伸出两根手指，放在嘴边，尽量压低笑声，说道：

"我现在就等着小弗拉基米尔降临。我斗胆请长官做他的教父。"

他在暗示四级弗拉基米尔勋章，而内心却在想象如何逢人就讲这段插曲，语带双关，如此机智，如此大胆，自然十分得意。他本想继续说点风趣话，但长官又埋头看报了，只是朝他点了一下头……

安娜还是坐三套马车外出，和阿尔狄诺夫一起打猎，演独幕剧，在外面进晚餐，越来越顾不上父亲和弟弟们，更不要说陪他们吃饭了。父亲愈发沉迷于酗酒，没有钱，风琴早已典卖抵债。两个弟弟不让他独自上街，跟着他，怕他摔倒。有时他们在老基辅街上见到安娜，她坐在两套马车上，阿尔狄诺夫做马夫，父亲每次都会摘下高礼帽，想对她大声说话，可是彼佳和安德留沙一人拽住他一条胳膊，央求他：

"爸爸，不要那样。爸爸，行了，行了！"

坏孩子

不过凡事皆有遗憾，幸福本身有毒，抑或受到毒害。

伊万·拉普金是个小伙子，相貌堂堂。安娜·扎木勃里茨卡雅是个年轻姑娘，鼻子尖尖的。他们沿着陡峭的河岸走下来，坐在一张长椅上。长椅就在水边，周围是柳树丛。真是个好地方！就像世外桃源，只有鱼儿和掠过水面的长腿蜘蛛才会发现你。两个年轻人带着鱼竿、网兜、装虫子的小罐和其他渔具，坐下后，立即开始垂钓。

"很开心，我们可以单独在一起，"伊万往后瞥了一眼，开始说道，"我有好多话要跟您说，安娜小姐。第一次看到您时……鱼儿咬钩了……我终于明白为什么要活着。您是我的偶像，我愿意诚实而勤劳地为您付出一生……是条大鱼……看到您，我就爱上您了，生平第一次，爱得发狂！……等会儿再拉，让它多咬会儿……告诉我，亲爱的，我恳请，如果我能奢望的话，我不奢望您也爱我，不是的！这个我配不上，我甚至连做梦都不敢这么想。告诉我能不能奢望……拉竿！"安娜尖叫一声，用力提起钓竿，一条银绿色的小鱼在空中摆来摆去，在阳光下闪闪发光。

"天哪，一条鲈鱼！哎呀！快点！要脱钩了！"

鲈鱼挣脱了钓钩，在草地上蹦来蹦去，然后扑通一声，跳进了水里！

伊万急忙去抓鱼，不知怎的，却抓住了安娜的手，无意中又送到了自己的嘴边……安娜急忙抽手，但为时已晚——两人嘴唇刚好碰到一起。初吻，有点出乎意料；再吻，然后海誓山盟、诉说衷肠……多么幸福的时光！不过凡事皆有遗憾，幸福本身有毒，抑或受到毒害。这次也不例外。他们接吻后，忽然听见一阵笑声。两个年轻人还没有回过神来，就看见前面站着一个男孩，光着身子，水面齐腰。他叫科利亚，是安娜的弟弟，还在上学。他盯着伊万和安娜，满脸坏笑。

"哈哈！你们在亲嘴啊？好呀！我要跟妈妈说。"

"你是个好人……"伊万涨红着脸，结结巴巴地说，"监视别人很卑鄙，告密更无耻。我敢肯定，你不是那样的人，对吧？"

"给我一个卢布，我什么也不说！"诚实的男孩回答道，"不然的话……"

伊万从口袋里掏出一个卢布，然后给了科利亚。男孩攥着钱，打着口哨，游走了。两个年轻人也没法继续亲吻了。

第二天，伊万从城里给科利亚带了一盒颜料，还送给他一个皮球，姐姐把收藏的药丸盒都给了弟弟。后来两人又送给他一副狗头袖扣。坏孩子乐不可支，为了得到更多礼物，又继续监视他们。伊万和安娜走到哪儿，他就跟到哪儿，绝不让他们单独在一起。

"坏蛋！"伊万咬牙切齿地说，"小小年纪，却成了大坏蛋！以后不知道还会怎样呢！"

整个六月，科利亚都在折磨这对可怜的情人。他威胁告状，监视他们，然后索取礼物。他得寸进尺，竟然索取怀表，最后也如愿以偿。

有一次，大家在吃午饭，仆人端上华夫饼[1]。他忽然哈哈大笑，眨了眨眼睛，对伊万说道：

"要我说出来？喔？"

伊万面红耳赤，错把餐巾当华夫饼，放进嘴里。安娜一下站起来，离开餐桌，跑进了房间。

两个年轻人一直熬到八月底，伊万向安娜求婚的那一天。啊！多么幸福的日子！伊万拜见了安娜的父母，他们同意了这门亲事。然后伊万立即冲进花园找科利亚。找到他后，伊万几乎喜极而泣，一把揪住他的耳朵。安娜跑进来，也在找科利亚。姐姐一把揪住他的另一只耳朵。

"好人哪，善良的天使，我再也不会啦！哎哟，哎哟，饶了

---

[1] 点心是最后一道菜，暗示这顿饭已经吃完。

我吧！"坏孩子哀求道。

两个年轻人满面春风，扬扬得意的表情真的值得一看哩。

后来他们承认，热恋期间，最让人痛快的，莫过于揪住坏孩子的耳朵。

佳　人

伊人之美，我的感受与众不同。

不是欲望，也不是陶醉，更不是享受，而是一种悲伤，有点苦涩，却让人快乐。

一

　　记得那时，我还是一名中学五六年级学生。八月的一天，我和爷爷坐车从顿河区大克烈普科耶村赶到顿河畔罗斯托夫城。闷热的夏日，热浪卷起尘埃，迎面扑来。大家都睁不开眼睛，唇焦口燥、没精打采，既不想观赏风景，也不想说话，更不想思考问题。车夫卡尔波是乌克兰人，他昏昏欲睡、策马扬鞭，结果鞭子落到我的帽子上。我既没有抱怨，也没有吭声，从昏睡中醒来，透过扬尘，平静地望着远方，心里却很沮丧。在一个亚美尼亚人的村庄，我们停下来喂马。主人很富裕，我爷爷认识他。有生以来，我还从未见过比他更滑稽的人：光头小脑袋，挂着两道浓眉，鹰钩鼻，长白髭，嘴很宽，叼着长烟管。小脑袋似乎和瘦弱佝偻的身躯胡乱拼在一起。他着装很奇怪，上面穿一件红色短褂，下面穿一条鲜艳夺目的蓝色大裤子。脚上趿着拖鞋，蹒跚而行。说话也不取下烟管。一举一动尽显亚美尼亚人的尊严，脸上没有笑容，瞪着圆圆的眼睛，却很少关注客人。

主人家里既没有风，也没有灰，但还是很闷热、很枯燥，也很不舒服。即使在草原里和大路上，也不过如此。记得我当时满身灰尘，热得筋疲力尽，坐在墙角一只绿箱子上。没上油漆的木墙，涂着赭色的地板，还有家具，散发出太阳炙烤后的干木料味。目光所及，苍蝇无处不在。爷爷和主人聊起了牧场、粪肥和燕麦……我知道他们得一个小时才会泡好茶，爷爷喝茶还得一个小时，然后躺下再睡两三个小时，差不多要等六个小时，然后坐上马车，又是热浪滚滚、尘土飞扬。我听着他们嘟嘟哝哝，似乎觉得那个主人、那个碗柜、那些苍蝇，还有晒着太阳的窗户，我已经看了很久很久，而且还要看很长时间，心里很埋怨草原、太阳、苍蝇……

一个戴头巾的乌克兰农妇端来茶盘，接着提来茶壶。主人慢慢地走出门口，在过道里喊道："玛西雅！来上茶！你在哪儿？玛西雅！"

这时听见匆匆的脚步声，走进来一个十六岁的姑娘。她穿着素花连衣裙，戴着白色头巾。洗茶具上茶时，背对着我。她身材苗条，光着小脚，长裤腿遮住了脚后跟。

主人请我喝茶。我坐在桌子旁边，姑娘递给我一杯茶。我瞥了一眼，忽然感觉像一阵清风吹进我的心田，什么灰尘啊、烦闷啊，似乎一扫而空。生活中或梦想里，我还从来没有见过这么漂亮的脸蛋，五官精致、十分迷人。姑娘亭亭玉立，看她第一眼，心中就像划过一道闪电。

我发誓：玛莎——或者她爸爸喊的玛西雅——真的是一个美人，但我不知道该如何去描述她。天边有时堆着云，太阳躲在后面，涂上颜色，于是天空变得五彩斑斓：深红、橙红、金黄、淡紫、暗粉；一朵云像修士，一朵云像鱼儿，一朵云又像戴着头巾的土耳其人。晚霞映红了天空，映红了教堂十字架和房屋窗玻璃，映红了溪流和水塘，映红了颤动的树叶。夕阳下，远处一群野鸭正在归巢……牧童赶着牛群，测量员坐着马车经过水坝，老爷正在散步。他们望着夕阳，每个人都认为景色很美。但是究竟美在哪里，谁也不知道，谁也说不清。

并非只有我才认为这个姑娘很漂亮。爷爷是一个七十岁的老头，对女人和美景无动于衷，但是他也亲切地看了玛莎很长时间，问道：

"她是您女儿吗，阿威特·纳扎雷奇？"

"是的，她是我女儿……"主人回答说。

"小姑娘很漂亮。"爷爷称赞道。

虽然过于朴素，但画家会说她有一种古典美，这种美让人深信所有一切都恰到好处。她的头发、眼睛、鼻子、嘴唇、脖子和胸脯，甚至她的肢体动作完美结合，十分和谐。即使细微特征，也没有任何差错。究竟是什么原因，只有上帝才知道。一个完美女人的外貌必须得像玛莎那样：小小鹰钩鼻、黑色大眼睛、长长的睫毛、懒懒的眼神。白皙脸庞披着黑发黛眉，就像静谧小溪掩映在绿色芦苇中。少女的脖颈和胸脯尚未完全发育，似乎需要天赋异禀的雕塑家去塑造。看着玛莎，就想和她聊聊至乐、至诚、至美，恰似伊人之美。

最初，我有点沮丧，也有点尴尬，因为玛莎根本不理我，一直低着头。仿佛银河相隔、遮断双眼，那种气氛不同寻常，却让人自豪，让人幸福。

"满身灰尘的缘故吧，"我暗想道，"又晒黑了，还是一个小男生。"

后来，我渐渐忘了自己，沉浸在美的享受中。忘记了沉闷的草原，忘记了飞扬的尘土，听不见苍蝇的嗡嗡声，也品不出茗茶的芳香。我的眼里只有她，站在桌子对面的美丽姑娘。

伊人之美，我的感受与众不同。既不是欲望，也不是陶醉，更不是享受，而是一种悲伤，有点苦涩，却让人快乐。这种悲伤十分模糊，也无法解释，好像在梦里。不知何故，我很怜悯自己，怜悯爷爷和主人，还有那位姑娘。似乎大家都失去了人生最重要的东西，再也找不到了。爷爷也很沮丧，他没有再提起粪肥和燕麦，而是坐在那里，一言不发，忧郁地看着玛莎。

喝完茶，爷爷躺下睡觉，我走出屋子，坐在过道上。村子里，所有亚美尼亚人的房屋都向着太阳，没有一棵树，没有遮阳篷，也没有荫凉处。主人的院子很大，长满了锦葵和滨藜，尽管天气炎热，却生机勃勃，别有一番情趣。篱笆很低，东一道，西一道。篱笆后面，人们正在打谷子。打谷场中央竖着一根柱子，十二匹马并排拴着。有栗色马、白色马和花斑马，它们绕着柱子奔跑。一个乌克兰人穿着长坎肩和长裤子走来走去，挥舞鞭子吆喝着，颐指气使，似乎在数落它们：

"啊！啊！畜生！……啊！啊！瘟神！害怕啦？"

马儿不明白为什么要逼着它们转圈踩麦秆，勉强奔跑着，似乎很吃力，不情愿地摇着尾巴。风从马蹄下面卷起金黄色的谷壳，飞过篱笆，飘落到很远的地方。高高的麦垛旁，一群农妇正在耙麦秸，还有人赶着几辆马车。麦垛后面是另外一个院子，也有十二匹马绕着柱子奔跑，也有一个乌克兰人挥舞鞭子吆喝着，似乎也在数落那些马儿。

我坐的台阶很烫。栏杆和窗框渗出了树液。台阶和百叶窗下的荫凉处，红色瓢虫挤在一起。我的头、胸和背都晒着太阳。我没有理会，只顾留意身后的姑娘，倾听她经过走廊和房间时的脚步声。玛莎收完茶具，跑下台阶。一阵清风拂来，她像鸟儿一样飞进脏乎乎的厢房，大概是厨房吧。里面飘来烤羊的香味，还有人在用亚美尼亚语生气地说话。从昏暗的门口，她进了厢房，然后门口出现了一位亚美尼亚老妇人，红脸驼背，穿着绿色裤子。老妇人很生气，不知道在责怪谁。很快，玛莎站在门口，厨房的热气让她满脸红晕。她扛着一条黑色大面包，优雅地摆动着身躯，穿过院子，跑向打谷场，迅速跨过篱笆，钻入一团金黄色的谷壳雾，然后消失在了马车后面。那个乌克兰人放下鞭子，没有说话，朝着马车看了一会儿。姑娘又经过马儿，跨过篱笆时，他的视线随着姑娘的倩影移动。他似乎很失望，冲着马儿吆喝："瘟神！畜生！"

姑娘光着脚丫来回跑，她的脚步声在我耳边一直回荡。我看着她经过院子，神色严肃、忧心忡忡。她一会儿跑下台阶，送我一阵清风，一会儿跑进厨房，一会儿跑到打谷场，一会儿又穿过门。无论我怎样扭头，也跟不上她的步伐。

她经过时翩若惊鸿，越是频繁，我越悲伤。我同情她，也同情自己，更同情那个乌克兰人。每次姑娘穿过谷壳雾跑到马车旁边，乌克兰人总是忧郁地看着她。是我倾慕佳人？还是惋惜她不属于我，永远也不属于我？是她不认识我？还是我隐约觉得花容月貌偶或有之，实属多余，就像芸芸众生，不会长久？或许伊人芳华让我伤感？只有上帝才知道。

不知不觉，三个小时过去了。我意犹未尽，而卡尔波却把马车赶到河边，给马洗了澡，开始套马车了。湿漉漉的马儿喷着响鼻，伸出蹄子踢着车辕。卡尔波对着马儿吆喝一声："回——去——了！"爷爷醒了。玛莎推开吱嘎作响的大门，我们坐上马车，走出了院子。一路上，我们没有说话，好像在生闷气。

过了两三个小时，我们远远地看见了罗斯托夫和纳希切万。

这时，一直沉默不语的卡尔波很快扭过头来说："那个亚美尼亚姑娘好漂亮！"

然后他扬鞭策马，继续前行。

二

还有一次，我上大学了。那是五月，我坐火车去南方。可能是在别尔哥罗德和哈尔科夫之间的一个火车站，我走出车厢，在月台上散步。

晚霞映红了花园、月台和田野。车站遮挡了夕阳。火车头冒出团团烟雾，上面变成粉红色，太阳还没有下山。

我在月台漫步时，看见一个二等车厢旁边有很多乘客，似乎里面有个特殊人物。他们都很好奇，其中一人和我邻座。他是一名炮兵军官，聪明热情，讨人喜欢。不过萍水相逢，终究是他乡之客。

"看什么啊？"我问道。

他没有回答我，而是示意他在看一个姑娘：十七八岁，身穿俄罗斯民族服装，没戴帽子，肩上随意搭着小披肩。她不是乘客，估计是站长的妹妹或女儿。她站在车窗旁边，和车内一位年长的女人在说话。我还没来得及一睹芳容，脑海里就突然想起了亚美尼亚人村庄。

姑娘太漂亮了。无论我，还是和我一起看见她的人，都深信不疑。

如果非要描述她的容貌，浓密的金发倒是值得一提，像波浪一样松松地披着，用黑丝带系住；五官很普通，不是很端庄。不知是因为近视，还是故意卖弄风情，她眯着眼睛，鼻子微微上翘，樱桃小嘴，侧面看有点虚弱，肩很窄，尚未完全发育，但确实很美丽。看着她，我就觉得俄罗斯女人的五官无须太端庄，就很可爱了；如果不是翘鼻子，而是像亚美尼亚女孩那样恰到好处、无懈可击，说不一定她的脸庞就没有那么迷人了。

姑娘站在窗前说话。傍晚湿气很重，她耸耸肩，满不在乎，不时回头看看我们。一会儿双手叉腰，一会儿伸手理发，有说有笑，时而诧异，时而震惊。我记得她的面部表情和肢体动作一刻也没有停过。纯真少女、青春无瑕、一笑一颦、一乜[1]一瞥、神采飞扬、顾盼生辉、尽显窈窕淑女的魅力。看见她，就像看见小孩、小鸟、小鹿和小树，顿生怜爱之心。

恰似美丽的蝴蝶，一曲华尔兹，花园里嬉戏，欢声笑语，水乳交融。所谓严肃思考、忧郁悲伤、镇定自若，却格格不入。姑娘很柔弱，就像花粉一样，一阵风、一场雨，红消香断，总会被雨打风吹去。

---

[1]miē，形容斜着眼皮看。

"哦嘀! ……"第二遍铃声响过后，我们返回车厢，军官叹息道。

至于"哦嘀"是什么意思，我就不去猜测了。

也许他有点难过，不想离开美丽的姑娘，不想告别春日的傍晚，就这么钻进闷热的车厢。或许他像我一样，莫名其妙地怜悯那位姑娘，怜悯自己，怜悯我，怜悯那些没精打采、不想返回车厢的所有乘客。经过车站窗口，我们看见一个电报员坐在电报机旁，红色鬈发很蓬松，脸色苍白，脸颊很宽，黯淡无光。军官叹息道：

"我猜电报员爱上姑娘了。同在一个屋檐下，不爱上她，那一定是超人！灾难，灾难，我的朋友！造化弄人。电报员弓着腰，很邋遢，品行端正，不算愚蠢，却平淡无奇，虽然爱上一位漂亮可爱的傻姑娘，但是她根本不会留意自己。更糟糕的是，如果电报员有家有口，爱上她，老婆和自己一样，弓着腰，很邋遢，品行端正，那又会怎样呢？"

在两节车厢之间的月台上，站着一名警卫。他把胳膊肘靠在栅栏上，看着那位姑娘。他的脸有点浮肿，很憔悴，满是皱纹，因为值班熬夜，显得十分疲惫。他看起来很温和，也很忧伤，仿佛在姑娘身上看到了幸福，看到了自己的青春、持重和纯真，也看到了自己的老婆和孩子；似乎他在懊恼那个姑娘不属于他，而自己很粗鄙，不再年轻，面庞浮肿。对他来说，一个男人和一名乘客的幸福，实在太遥远……

第三遍铃声过后，火车拉响汽笛，慢慢地出发了。窗外闪过警卫、站长，然后是花园，还有那位美丽的姑娘，神秘地微笑着……

我伸出头往后看，姑娘的视线跟着火车移动。她在月台上走着，经过电报员窗口，理了理头发，然后跑进了花园。火车站再也无法遮挡夕阳，窗外一马平川，但是太阳已经下山。烟雾散入乌云，下面是冬麦，绿油油的，像天鹅绒一样。春日的空气里，昏暗的天空中，闷热的车厢内，是那么的忧郁。

疲惫的列车员走进车厢，开始点燃蜡烛。

散 戏 以 后

"不，我还是爱格鲁兹杰夫。"娜佳作出决定，然后撕掉了写给戈尔内的信。

娜佳·泽列宁和妈妈看完戏剧《叶夫根尼·奥涅金》[1]，然后回家。回到房间，她脱下衣服，披着头发，穿着衬裙和白色短上衣，急忙坐在桌子旁边，仿照塔季阿娜[2]写信。

　　"我爱您，"她写道，"可您不爱我，不爱我！"

　　她一边写，一边笑。

　　她刚满十六岁，还没谈恋爱。她知道军官戈尔内和大学生格鲁兹杰夫都爱她。可是看完戏后，她却表示怀疑。要是无人爱、不开心，该多有趣啊！爱上一个人，对方却很冷淡，这种爱情一定很美、很感人、很有诗意。奥涅金[3]很有趣，因为他根本没有爱上塔季阿娜。塔季阿娜很迷人，因为她深爱着奥涅金。如果他们都爱对方，都很快乐，这出戏反倒很沉闷。

　　"不要说您爱我了，"娜佳想起戈尔内，继续写道，"我不相

---

[1] 根据普希金同名诗体小说改编的歌剧。

[2] 《叶夫根尼·奥涅金》中的女主人公。

[3] 《叶夫根尼·奥涅金》中的男主人公。

信。您很聪明，有教养，很严肃。您有天赋，未来很光明，而我很乏味，无足轻重。您也知道我只是您的累赘。是的，您喜欢我，让您心仪，但那是误会。现在您绝望地问自己：'我为什么遇到这个女孩？'只是因为您善良，才没有承认……"

娜佳怜悯自己，于是哭起来，然后接着写道：

"我不忍心离开妈妈和弟弟，否则我会戴上修女的面纱，随风漂泊、四海为家。您也自由了，不用理我。哎！我还不如一死了之！"

娜佳热泪盈眶，看不清写的字，仿佛透过三棱镜，看见桌面、地板和天花板上，彩虹在轻轻地颤动。她写不下去了，于是靠在安乐椅上，想起了戈尔内。

上帝啊！男人好有趣，好迷人！娜佳想起和军官谈论音乐时，他的表情是那么温和，善解人意，甚至有点过意不去，想起他还竭力做到"声情并茂"。社交场合，如果你很冷漠、很傲慢，人们反倒认为你有教养，有绅士风度，所以你得掩饰自己的激情。他尽力掩饰，却功亏一篑，大家都知道他酷爱音乐。没完没了地讨论音乐，大胆批评那些对音乐一无所知的人，这让他一直绷紧了弦。他感到恐惧，很羞怯，于是沉默寡言。他的钢琴弹得很好，简直就是钢琴家。如果不参军，他肯定会成为闻名遐迩的音乐家。

眼泪干了，娜佳想起戈尔内在交响乐会上说爱她。下楼时，在衣帽架旁，他又说过一次，那时风很大，从四面八方吹来。

"我很高兴，最后您也认识了我们的大学生朋友——格鲁兹杰夫，"她继续写道，"他很聪明，您一定喜欢他。昨天他来我家，两点钟才离开。我们都喜欢他，可惜您没有来。他说了很多，很有意思。"

娜佳双臂放在桌子上，枕着头，青丝铺满信纸。她想起格鲁兹杰夫也爱她，他也应该收到自己的来信。给他写一封不是更好吗？她心里一阵喜悦，开始还淡淡的，仿佛小皮球在心里滚来滚去，后来开始膨胀，越来越重，就像波涛一样汹涌。娜佳忘记了戈尔内和格鲁兹杰夫，因为她的思绪很乱，可是那种喜悦却有增无减，从内心传到四肢，宛如一阵轻风吹过，抚弄着发丝。她禁不住笑了起来，双肩微微颤动，桌子和灯罩轻轻摇晃，眼泪夺眶而出，洒在信纸上。她一直笑，可也并非无缘无故啊，于是赶紧想那些有趣的事情。

"多可爱的卷毛狗！"她笑得似乎喘不过气来，于是说道，"多可爱的卷毛狗！"

她想起前晚喝茶后，格鲁兹杰夫逗着卷毛狗马克西姆玩，然后给他们讲了一只卷毛狗的故事：那只卷毛狗非常聪明，在院子里追赶一只乌鸦，乌鸦回头看着它说道："哼，你这个坏蛋！"

卷毛狗不知道它得和一只有学问的乌鸦打交道，有点迷糊，有点害怕，很疑惑，后退了几步，然后开始叫起来……

"不，我还是爱格鲁兹杰夫。"娜佳作出决定，然后撕掉了写给戈尔内的信。

她开始想那个大学生和两人的爱情，但思绪却向四面八方蔓延，什么都想：自己的母亲，还有街道、铅笔、钢琴……她很开心，感觉一切都很美好。内心的喜悦告诉她这不算什么，以后还会更好。很快就是春天夏天，和妈妈一起去戈尔比吉。戈尔内也会来度假，和她一起逛花园，还向她表白。格鲁兹杰夫也会来，和她一起玩槌球和九柱戏，还给她讲一些逸闻趣事。她很向往花园、黑夜、蓝天和繁星。她又笑了，双肩在颤动。她似乎觉得房间里弥漫着艾香，树枝轻轻地敲着窗户。

她走到床边，坐下来。有那么多快乐的事情，内心向往着，却不知道如何是好。她看了看挂在床后面的圣像，说道：

"主啊！主啊！"

韦罗奇卡

薇拉带走了自己美好的青春，那段时光如此充实，却永远消失了。

八月那个傍晚，伊万·阿历克塞耶维奇·奥格涅夫推开玻璃门，走到露台上。现在他还记忆犹新。那时，他身披薄斗篷，头戴宽边草帽，如今，它和长筒皮靴一起扔在床下，积满了灰。他一手提着一大捆书和笔记簿，一手拿着一根有节疤的粗手杖。

主人库兹涅佐夫是一个秃顶老头，留着长长的白胡须，身穿白色凸纹上衣。他站在门后，点头微笑，和蔼可亲地提着灯，为伊万照路。

"老人家，再见了！"伊万说道。

老人把灯放在小桌上，走到露台。两条细长的身影沿着台阶移向花坛，来回摇晃，头部映在了树干上。

"再见了！再次感谢，亲爱的老哥！"伊万说道，"谢谢您的盛情款待，谢谢您的悉心关怀……你们热情好客，我一辈子也忘不了。您是好人，令爱是好人，大家都是好人……都说物以类聚，我不知道该如何感谢你们！"

伊万很激动，刚刚又喝了露酒，说话就像神学院学生在唱歌。感激之情无以言表，他眨巴着眼睛，抽动着肩膀。老人也喝多了，依依不舍，探着身子亲吻年轻人。

"我喜欢你们，"伊万接着说，"我几乎每天都来这儿。十几个晚上，都住你们家。我喝了多少露酒啊，真不好意思。感谢大家的帮助，不然，我的统计工作还会忙到十月。我要在序言里写上：'承蒙 N 县地方自治局执行处主席库兹涅佐夫大力支持，谨致谢忱。'统计学未来一片光明！请您代我向薇拉·加夫里洛夫娜[1]致意，并转告那几位医生、两位律师和您的秘书，我永远不会忘记他们。老哥哥，我们再拥抱一下，最后吻一下吧！"

伊万激动得走路一瘸一拐，再次亲吻老人，然后走下台阶。在最后一级台阶，他回头问道："以后我们还会见面吗？"

"上帝才知道！"老人回答，"大概不会了！"

"是的，没错。什么风能把您吹到彼得堡呢？我也没机会再来这里了。再见吧！"

"你还是把书留下吧！"老人喊道，"太重啦！明天我派人给你送过去。"

伊万大步流星地走了，没有听见老人说什么。在酒精的作用下，他心里暖洋洋的，充满了兴奋、友爱和悲伤。他一边走一边想：生活中总能遇到好人，分别后什么也没留下，只有回忆。有时，看见天边飞过几只仙鹤，听见它们在风中呼唤，亦悲亦欢，

---

[1] 薇拉是韦罗奇卡的爱称。

很快又消失了，无声无影。人亦如此，来去匆匆，音容笑貌转瞬即逝，只有淡淡的回忆。那年早春，伊万来到 N 县，几乎天天待在库兹涅佐夫家里，和老人及其令爱、仆人打成一片，似乎成了他们的一员。伊万对他们家很熟悉，甚至细致入微，还有温馨的露台，弯弯曲曲的林荫道，树荫下的厨房和浴室。可是一出门，这些都成了回忆，永远失去了真实的意义。再过一两年，他们的面容也会日渐模糊，仿佛书本里和想象中杜撰的人物。

"生活中，再也没有什么比人更宝贵的了！"伊万沿着门外林荫道向前走去，内心很伤感，"确实没有！"

花园里很暖和，很幽静。木犀草和天芥菜在花坛里厌厌地生长着，送来一阵清香。在伊万的记忆里，灌木和树林弥漫着一层薄雾，上面泛着月光。薄雾像幽灵一样慢慢移动，一圈接着一圈，穿过林荫道。皓月当空，片片薄雾十分透明，轻轻地飘向东方。整个世界似乎空空如也，只有黑色的轮廓和白色的阴影。伊万几乎是平生第一次在八月晚上看见月光下的薄雾，似乎觉得这并不是自然现象，更像是舞台布景：工作人员本想用烟火照亮花园，他们笨拙地躲在灌木丛后面，却打开灯光，释放出一团一团的白烟。

伊万走到花园门口，看见一个黑影穿过低矮的篱笆，向他走来。

"薇拉！"他高兴地喊道，"是您吗？我到处找呢，和您道别……再见，我要走了。"

"这么早？才十一点。"

"该走了。还有六公里路，收拾行李，明天还得早起。"

站在伊万面前的是库兹涅佐夫的女儿薇拉。她二十一岁，总是很沮丧，穿着随意，妩媚动人。喜爱幻想，成天躺着，有啥读啥，懒洋洋的，一副忧郁厌倦的神态。这样的姑娘，打扮总是很粗心。对那些与生俱来有品位有审美观的姑娘来说，漫不经心反而增添了魅力。后来伊万回忆韦罗奇卡，就会想起她穿一件宽松的短上衣，腰部皱巴巴的，褶层很深，又不贴身；头发梳得很高，一绺鬈发披在前额上；傍晚，一条红色的编织围巾，就像一面旗帜，垂头丧气地披在肩上；白天，围巾揉成一团，扔在大厅里男人的帽子旁边，或者丢在餐厅里的箱子上，一只老猫毫无顾忌地趴在上面睡觉。看看薇拉的围巾和上衣褶层，就知道她很懒散，无拘无束。她心地善良，经常待在家里。也许因为伊万喜欢薇拉，所以她的每个纽扣、每条褶边，都是那么温馨、纯洁、美好、亲切，有诗意，而这正是那些冷淡、不真诚、没有审美能力的女人所不具备的。

韦罗奇卡身材曼妙，五官端庄，一袭鬈发，美丽动人。伊万很少接触女人，所以认为她是个美人。

"我要走了！"他在门边道别，"别记恨我，谢谢您付出的一切！"

他眨巴着眼睛，抽动着肩膀，说话还是像神学院学生唱歌。他感谢她的热情好客和悉心照顾。

"我每次给母亲写信，都会提到您。"他说，"如果大家都像您和您父亲，这个世界该有多美好！你们都是好人，真诚、友好、善良。"

"您现在要去哪儿？"薇拉问。

"先去奥勒尔看我母亲。在那儿住两个礼拜，然后回彼得堡工作。"

"以后呢？"

"以后？整个冬天我都在彼得堡。春天，我要去其他地方搜集材料。嗯，祝您幸福，长命百岁……别记恨我。以后我们不会见面了。"

伊万屈身行吻手礼。两人沉默不语，他理了一下身上的斗篷，提书的手换了一下姿势，停了一会儿，然后说道：

"好大的雾！"

"是的。东西都带走了吗？"

"都带走了……"

伊万沉默了一会儿，然后笨拙地走向门口，离开了花园。

"等一等，我送您到树林边。"薇拉说着，跟着他走出了花园。

外面很开阔，可以看见天空和远方。整个世界笼罩在透明无色的薄雾中，仿佛戴着面纱。美丽的姑娘透过"面纱"，显得那么朦胧。白色的浓雾弥漫在石头、茎秆和灌木四周，在大路上漂移盘旋，紧贴在地面上，似乎竭力不遮挡人们的视线。大路伸向树林，透过雾霭都能看见，两边是水沟，长着小灌木丛，黑魆魆的，一缕一缕的薄雾在里面飘忽不定。离大门不足一公里，就是库兹涅佐夫家的树林。

"为什么她跟着我呢？我还得送她回去！"伊万暗想道。他看了看薇拉，微笑着说：

"这么好的天气，都不想走了。好浪漫的夜晚，有月亮，又安静，万事俱备。知道吗，薇拉，我二十九岁了，还没谈过恋爱呢。平生从来没有浪漫的经历。什么幽会啦，压马路啦，接吻啦，我只是听说而已。这不正常。住在城市公寓里，并没有注意到。可是在这里，空气清新，才意识到了这个问题……真有点愤愤不平呢！"

"为什么呢？"

"不知道。大概没时间吧，也许还没有遇到……实际上，我的圈子很小，哪里也不去。"

两个年轻人走了约三百步，没有说话。伊万一直看着韦罗奇卡的头和围巾，回想起春季夏季在这里度过的每一天。那段时间，他离开彼得堡灰色的公寓楼，来到这里。他喜欢和这些人相处，善良、友好、热情，很享受自己的工作，却没有注意到夕阳之后迎来朝霞，没有注意到夜莺、鹌鹑和长脚秧鸡停止了歌唱，夏天就要结束。时间不知不觉地溜走了，生活如此轻松快乐。他是一个既不宽裕，也不太适应新环境的人。他记得四月底来 N县时好不情愿，担心这里枯燥乏味、孤独难耐，担心人们对统计工作没有兴趣。如今，他认为在科学领域，统计学占据了重要地位。四月的一个清晨，他来到这个小县城，入住旧教徒里亚布欣的客栈。每天二十戈比，房间既明亮又干净，但是房内不准吸烟。他休息了一会儿，然后确认了本县地方自治局执行处主席，最后步行去找库兹涅佐夫。他得走五公里，穿过茂密的草场和萌生林。百灵鸟在云里翻飞，传来银铃般的歌声。白嘴鸦不慌不忙地扇动翅膀，在绿油油的玉米地上空翱翔。

"主啊，"那时伊万在纳闷，"这里的空气都是这么新鲜吗？还是因为我来了，才变成这样的呢？"

他估计对方接待只是例行公事，不会太热情，于是胆怯地走到库兹涅佐夫家，腼腆地捻着胡须打量着。老人先是皱起眉头，不明白地方自治局执行处对这个年轻人和他的统计工作有什么用。等到年轻人详细解释了什么是统计资料，如何收集统计资料，库兹涅佐夫才兴奋起来，面带微笑，像孩子一样，好奇地翻着他的笔记簿。当天晚上，伊万就在老人家吃晚饭，喝了烈性露酒，兴奋不已。新朋友表情平静、节奏缓慢，伊万浑身都能感受到那种慵懒，十分惬意，让人放松，真想睡睡觉、伸伸腰、笑一笑。他们和善地看着伊万，问他父母是否健在，一个月多少收入，多久去看一场戏……

伊万想起了乡间旅行、野餐、钓鱼，大家一起参观女修道院，拜访女院长马尔法，每人获赠一个玻璃珠钱包。他想起大家展开辩论，场面激烈，却毫无结果。辩手们气急败坏，用拳头捶击桌子，误解对方，打断对方，却没有意识到自己总是前后矛盾，又不断转移话题。争吵了两三个小时，大家笑着说："鬼才知道我们在争什么呢！不过是张冠李戴、偷梁换柱罢了！"

"您还记得那次我、您和那位大夫一块儿骑马去谢斯托沃村吗？"两人到了树林，伊万问薇拉，"那次，我们遇到一个疯疯癫癫的圣徒：我给他五戈比，他在胸前画了三次十字，把铜钱扔到黑麦田里。主啊，我要带走多少回忆！如果拢在一起，就能变成一锭黄金呢！我不明白那些头脑聪明的人为什么非要涌入彼得堡和莫斯科，而不来这里。难道涅瓦大街[1]和潮湿的大房子比这里更自由？有更多真理？艺术家、科学家和新闻记者拥挤在公寓楼里，我倒觉得那是一个错误。"

离树林二十步远，有一座狭窄的小桥横亘在路上，四角立着木桩。每天傍晚散步，库兹涅佐夫一家人和客人们总会在这里歇脚。谁愿意就喊一嗓子，听听树林的回声。大路从这里伸入树林，变成一条漆黑的小路。

---

[1] 彼得堡一条大街。

"嗯，我们到小木桥了！"伊万说道，"现在您得往回走了。"

薇拉停下来，深深地吸了一口气。

"我们坐下吧，"她坐在一个木桩上，说道，"人们临行告别，总是会坐下来。"

伊万挨着她，坐在那捆书上，继续聊天。她刚歇下来，呼吸有点急促。她看着远方，所以伊万看不见她的脸。

"十年后我们见面，会怎样？"他说道，"那时我们会是什么样子？您是一位贤妻良母。我呢，写了一本大部头统计学著作，谁也用不上，有四万本书那么厚。我们见面，会想起往事……这会儿，我们意识到了'现在'，身在其中，兴奋不已。但是将来重逢时，我们会忘记在这座木桥上最后一次见面的日子，忘记了是哪一月，甚至忘记了是哪一年。您会发生变化……告诉我，您会变吗？"

薇拉吓了一跳，转过脸看着他。

"什么？"她问道。

"刚才我问您呢……"

"不好意思，我没有听见。"

直到这时，伊万才发现薇拉不对劲。她脸色苍白，呼吸急促、颤抖，双手、双唇和头也在颤抖。平时一绺鬓发，现在两绺鬓发披在了前额上……显然她在回避他的眼睛，掩饰自己的情绪，一会儿摸一下衣领，似乎衣领刺痛了脖子，一会儿把红围巾从左肩拉到右肩。

"估计您有点冷，"伊万说道，"待在雾里，确实不好。我送您回家吧。"

薇拉坐在那里，一言不发。

"怎么了？"伊万笑着说，"您既不说话，也不回答。生气了？还是不舒服？"

薇拉用手捂着脸，马上又缩回手。

"太可怕了！"她带着痛苦的神情，小声说道，"可怕！"

"什么可怕？"伊万耸耸肩问道，没有掩饰他的惊讶，"怎么了？"

薇拉呼吸还是很急促，双肩在发抖，转过身背对着他，望了一会儿天空，说道：

"我有话跟您说，伊万……"

"我听着呢。"

"也许您会觉得奇怪……您会大吃一惊，但我也顾不得了……"

伊万又耸耸肩，准备听她说话。

"您知道……"韦罗奇卡低下头，揪着围巾上的小球，说道，"您知道……我早就想对您说了……您会觉得很奇怪……很愚蠢，可是我……我再也忍不住了。"

薇拉说话渐渐含糊起来，突然流泪了。姑娘用手绢蒙着脸，头垂得更低，伤心地哭起来。伊万不知所措，清了清嗓子，环顾四周，感觉无能为力，不知道该说什么，也不知道该做什么。他不习惯看别人流泪，觉得自己的眼睛也疼痛起来。

"哎，别这样！"他嘟哝道，"薇拉，怎么了？告诉我。好姑娘，您……您生病了？或者有人欺负您？告诉我，也许我能……我能帮您……"

他努力安慰她，冒昧地扳开她的手，露出了脸。她含着泪，笑着对他说：

"我……我爱您！"

一句简单平实的话，却让伊万十分尴尬。他转过身站起来，一阵困惑，又是一阵恐惧。

饮酒告别带来的忧郁、热情和伤感突然烟消云散，接踵而来的却是别扭、不悦和难堪。真是冰火两重天。他乜了一眼薇拉。冷漠可以给女人增加魅力。现在薇拉向他表白了，那种清高也荡然无存，她反而显得更矮小、更平淡、更普通。

"什么意思？"他惊呆了，心里在纳闷，"我……到底爱不爱她？问题就在这里！"

她呢，终于把最糟糕、最难以启齿的话说出来了，呼吸轻松了很多。她也站起来，直直地看着伊万的脸，很快说起话来，情绪十分高昂。

就像一个惊慌失措的人在突然发生灾难后想不起那时发出的任何声音，伊万也想不起薇拉说过的话。他只能想起大概意思和自己的感受。他能回忆起她的声音，有点压抑，有点嘶哑，但是语调却很有乐感，很有激情。她亦哭亦笑，睫毛上闪着泪花。她说从相识第一天起，他的聪明才智、特立独行、工作生活目标，还有他那善良聪慧的眼睛就打动了她，于是疯狂、热烈、深深地爱上了他。夏天从花园进屋，每当看见他放在大厅里的斗篷，或者听见他在远处说话，她的心就会怦怦地跳，感觉很幸福。一句微不足道的笑话，也会让她哈哈大笑。笔记簿上的每个数字似乎都充满了智慧。他那根有节疤的手杖，似乎比参天大树还要耐看。

树林、薄雾和水沟似乎都安静下来，听她讲话。可是伊万感觉很奇怪，也不舒服……薇拉表白爱情时，美丽迷人，娓娓动听，情意绵绵。但意想不到的是，他既不快乐，也不高兴。对这位好姑娘，他只有同情、抱歉和遗憾，毕竟给她带来了痛苦。究竟是因为自己书生气太重，还是因为习惯客观看待问题，难以克服，只有上帝才知道，而这常常妨碍人们正常生活。在他看来，薇拉的痴情和痛苦反而有点做作，不严肃。与此同时，他内心充满了抗拒，仿佛在告诉自己：从本性和个人幸福的角度来看，此时此刻所见所闻比任何统计资料、书籍和真理都重要……他很愤怒，也很自责，可是又不知道自己究竟错在哪里。

令人尴尬的是，他真不知道该说什么，但是他必须得说点什么。直接说"我不爱你"，他又说不出口。说"对了，我爱你"，他也做不到，因为无论自己如何搜肠刮肚，他还是没有那种感觉……

他沉默不语，而她声称只要能够看到他，能够和他远走高飞，能够做他的妻子和助手，那就是最大的幸福；如果撇下她一走了之，她会痛苦地死去。

"这里我待不下去了！"她绞着手说，"这里的房子、树林、空气，我都厌倦了。一潭死水，生活没有目标，我受不了。人们毫无光彩、苍白无力，就像两滴水，彼此没有一点差异。大家和蔼可亲，心地善良，因为他们饱食终日。什么抗争啊，苦难啊，他们一无所知……我倒想住进那些潮湿的大房子，一起吃苦，接受工作和贫困的考验。"

伊万认为这些话过于做作，没有怎么经过严肃的思考。薇拉说完了，他还是不知道该说什么，但又不能沉默不语，于是他嘟哝道：

"薇拉，我很感激您，可是我觉得自己……无论如何……也配不上您。我是个实诚人，我要说的是……平等才会幸福，两人得……彼此相爱……"

因为含糊其辞，伊万羞愧不已，于是沉默了。那一刻，他肯定很愚蠢、很内疚、很茫然，神色不安，极不自然……真相都写在了他的脸上，因为薇拉忽然变得很严肃，脸色苍白，还低下了头。

"您得原谅我，"伊万受不了这种沉默，又嘟哝道，"我很尊敬您，所以……我很难过……"

薇拉猛地转身，快速往回走。伊万跟在后面。

"不，不必了！"薇拉对他摆摆手说，"您不用来，我自己
回去……"

"不……我得送您……"

不管说什么，伊万觉得每句话都是那么苍白，令人厌恶。他
每前进一步，就多一份内疚。他的内心很愤怒，于是握紧拳头，
骂自己对女人太冷漠、太愚蠢。他努力激发自己的热情，于是打
量着薇拉漂亮的身材，她的头发，还有那双小脚在满是灰尘的路
上留下的足迹。他想起她说过的话、流过的泪。可是这些只能让
自己感动，却没有心跳的感觉。

"哎，总不能强迫自己去爱一个人吧！"他自我安慰，可是
又暗想，"不爱她，又爱谁呢？我快三十岁了！还有谁比薇拉更
好呢？我还从来没有见过，以后也没有了……而立之年，已经
老了！"

薇拉在他前面越走越快，没有回头看他，也没有抬头。伤心
的人儿，更加单薄，也更加瘦削……

"我能想象她内心的感受，"他看着薇拉的背影，思忖道，
"她不愿面对这种羞耻和屈辱，肯定想一死了之！主啊，这里生
机勃勃、诗情画意，即使铁石心肠，也会受到感化。而我呢？既
愚蠢又荒谬！"

薇拉走到门口,瞥了他一眼,耸耸肩,系好围巾,迅速走下林荫道。

形单影只的伊万,转身慢慢地往树林走去,又驻足回首,看着大门,十分茫然,似乎无法相信自己的记忆。他到处寻找薇拉留下的脚印,不相信自己心仪的姑娘刚刚向他表白了,也不相信他那么笨拙粗鲁地"拒绝"了她。都说意志决定行为,可是人生经历却第一次告诉他,事实并非如此:一个善良正派的人,违背自己的意志,让亲近的人不明不白遭受巨大痛苦,他平生第一次饱受这种煎熬。

良知折磨心灵。薇拉消失了,他才意识到自己失去了珍爱的人、亲近的人,而且永远失去了。薇拉带走了自己美好的青春,那段时光如此充实,却永远消失了。

走到小木桥,他停下来,陷入了沉思。为何自己如此冷漠,他想追根溯源。显然,根源就在内心深处。他坦承那不是理智的冷漠,聪明人常常如此炫耀;也不是傻瓜的冷漠,傻瓜总是狂妄自大;而是因为灵魂变得软弱、没有审美能力,未成熟的灵魂却朽腐不堪。生活过于随意,为生计而奔波,没有家的归属。离开小木桥,他慢慢地向树林走去,似乎很不情愿。林子里一片漆黑,月光透过树叶的缝隙,零零星星、闪闪发光。他,渴望覆水能收。

伊万记得自己又沿路返回。昔日往事催促自己向前走,他强迫自己想象薇拉的模样，大步流星走向花园。大路上、花园里，雾已散去。明月朗照，就像刚刚洗过的银盘。只有东边的天空，还很昏暗、很朦胧……

伊万至今还能想起当时的情形：缓慢的脚步，漆黑的窗口，木犀草和天芥菜浓郁的清香。他的老朋友卡罗摇着尾巴走到面前，嗅他的手。在它的注视下，伊万围着房子走了几圈，站在薇拉漆黑的窗户旁边，叹了一口气，挥了挥手，走出了花园。

过了一个小时，他回到城里，疲惫不堪。他一边敲门，一边让身子和发烫的脸贴在客栈的大门上。一只狗不知在哪里昏昏欲睡地吠叫着。教堂附近有人打更，似乎在回应敲门声……

"半夜三更，还在外面游荡，"客栈老板——那个旧教徒——穿着一件女式长睡衣，一边开门，一边嘟哝着，"与其在外面游荡，还不如用心祈祷。"

伊万走进房间，坐在床上，久久凝视着灯光。他摇摇头，开始收拾行李。

幸 福 的 人

"如今，能够见到幸福的人，简直就是怪事情，"一名乘客说道，"比白象还少见。"

包洛果耶车站是彼得堡—莫斯科铁路线上的一个枢纽站。客运列车正从车站开出。二等吸烟车厢里，五个乘客坐在座位上打盹儿。日近黄昏，夜色朦胧。他们刚吃过晚饭，这会儿挤在一起，想睡一会儿。车厢里很安静。

　　车门开了，走进来一个瘦高个男人，身材笔直，像根拨火棍，头戴一顶姜黄色帽子，身穿一件漂亮大衣，酷似儒勒·凡尔纳[1]笔下或者喜剧舞台上的新闻记者。

　　瘦高个男人站在车厢中央，停留了很长时间，气喘吁吁，眯着眼睛，盯着座位看。

　　"哎！又错了！"他嘟哝道，"怎么回事？见鬼了！可恶！还是不对！"

　　一名乘客打量了这个瘦高个男人一下，高兴地喊了起来：

　　"伊万·阿历克塞耶维奇！您怎么跑到这里来了？是您吗？"

　　伊万看着这位乘客，一脸茫然，先愣了一下，终于认出来

───────────

[1] 儒勒·凡尔纳（1828—1905）：法国作家，著有许多科幻冒险小说。

了，然后高兴地拍了一下他的手。

"哈哈！彼得·彼得罗维奇！"伊万说道，"我们多少年没有见面了啊！想不到您也坐这趟车。"

"您还好吗？"

"还好。只是我找不到车厢了，老兄！死活也找不到。我这个大傻瓜！真的欠揍！"

伊万摇摇晃晃，暗暗发笑。

"还有这种怪事！"他继续说道，"第二次铃声响过后，我出去买了一杯白兰地。当然，我也喝了。嗯，我想，到下一站时间还很长，干脆再来一杯吧。我一边想一边喝，这时第三次铃声响了……我撒腿就跑，冲进第一节车厢。我这个大傻瓜。我这个糊涂虫！"

"不过看来，您兴致很高嘛，"彼得说，"过来坐吧！还有位置，欢迎！"

"不了……我得去找我的车厢！再见！"

"天黑了，如果不小心，车厢连接处容易摔倒喔！坐下吧，到了车站，您再去找。坐下来！"

伊万深深地叹了一口气，在彼得对面坐下，犹豫不决。他明显很兴奋，心神不定、如坐针毡。

"您到哪里去啊？"彼得问道。

"我？上天入地。我现在脑袋里一团乱麻，自己也不知道到哪里去。跟着命运的脚步走吧！哈哈！亲爱的老兄，您见过幸福的傻瓜吗？没有？那就瞧瞧吧！天下最幸福的人远在天边，近在眼前！难道您看不出来吗？"

"嗯！看出来了，有那么一点……意思。"

"我敢打赌，我刚才一脸傻相，对吧？哎，可惜没带镜子，我倒是想看一看呢！老兄，实话实说，我觉得自己变傻了。哈哈！您相信不？我在度蜜月。我是不是很傻？"

"您？您的意思是说您结婚了？"

"是的。就是今天，老兄。婚礼一结束，我们就直接上火车了。"

照例是一番祝福和寒暄。"嘿，您这个家伙！"彼得笑道，"怪不得花里胡哨的，活像一个花花公子。"

"是的……我还洒了香水。满脑子都是虚荣！什么也不想，什么也不在乎，就在乎那么一点感觉……鬼知道该怎么说呢……真福八端 [1] 还是别的什么？这辈子，我还从来没有这么牛气！"

伊万闭上眼睛，摇头晃脑。

"幸福得要死！"他说，"想一想吧。待会儿，我就要过去。那里，有个人坐在窗边，以后她会把全部奉献给你。金发女郎，小小鼻子，纤纤手指，我的爱人！我的天使！我的宝贝！我灵魂

---

[1] 真福八端：耶稣的山中圣训。

的葡蚜 [1]！那双小脚！我的上帝！要知道，那可不是我们这种大脚片子，而是小巧玲珑，好像天仙下凡。真想捧在手里，放进嘴里！喔！这种事您还不懂！当然您是唯物主义者，您会立即分析，这也分析，那也分析！

"你们都是铁石心肠的单身汉，就这么回事！等你们结婚了，就会想到我的！到时您会问：'伊万这会儿在哪儿？'是啊，我马上回我的车厢。她在那边等我，肯定不耐烦了……希望能快点见到她。她看到我，一定乐开了花。我会坐在她身边，两根手指轻轻抚摸她的下巴。"

伊万摇头晃脑，咯咯地笑着，乐不可支。

"然后我把头枕在她的肩上，搂住她的腰。周围很安静，您知道……夜色黄昏，有点诗意。这时，我可以拥抱整个世界。彼得，让我抱一下！"

"肯定很开心！"两个人相互拥抱，乘客们哄笑起来。幸福的新郎继续说道：

"要达到这种愚蠢的境界，或者像小说作家讲的那样，要达到这种魔幻效果，就得到小卖部喝几杯。然后你的脑袋就会有反应，比神话故事还有趣。我是个小人物，但是却能感觉自己不受任何限制：世界就在我的怀抱里！"

---

[1] 葡蚜：一种伤害葡萄的害虫。

幸福的新郎醉醺醺的，车厢里的气氛顿时活跃起来，大家也没有了睡意。本来只有一个人在听伊万讲话，现在倒有五个人看他表演了。他扭动着身子、手舞足蹈，说话结结巴巴，东拉西扯，没完没了。大家跟着他笑了起来。

"先生们，先生们，不要想太多！分析？去他的！想喝酒，就只管喝，用不着分析是否有害健康……什么哲学啊，心理学啊，见鬼去吧！"

一个列车员走过来。

"老兄，"新郎对列车员说道，"经过209号车厢时，麻烦您帮我找一位太太，她戴着灰色帽子，上面有只白鸟。请告诉她我在这儿！"

"好的。可是这趟车没有209号车厢，只有219号车厢！"

"哦，那就219号吧！都一样！请告诉她，她丈夫很好！"

伊万抓住头皮，呻吟道：

"丈夫……太太……我瞬间变成了丈夫……哈哈！我是个欠揍的家伙，现在有老婆了！哼，傻瓜！可是她！昨天她还是个小姑娘，小妞儿，……简直不可思议！"

"如今，能够见到幸福的人，简直就是怪事情，"一名乘客说道，"比白象还少见。"

"是啊，怪谁呢？"伊万说着，伸出长腿和双脚，鞋头很尖。"如果不幸福，那得怪自己！是啊，您还能指望谁呢？幸福是自己创造的。如果想做幸福的人，您就会很幸福，偏偏您不想这样。您固执地躲来躲去！"

"这种事？您是怎么办到的呢？"

"很简单！人到了时候就得谈恋爱，这是上天的旨意。时间一到，你会很快找上对象，可是你却忽视了上天的旨意，一直在傻等。还有，法律规定正常人必须结婚。没有婚姻，就没有幸福。时机一到，赶紧结婚。犹豫不决只能坏事……可是你偏不结婚，一直傻等着！《圣经》说'美酒让人心醉'……如果你心情愉快，希望找点乐子，那就去小卖部喝一杯。不过，也不要过了头，凡事都按规矩办。没有规矩，就不成方圆！"

"您说人可以自己创造幸福。如果您牙痛，或者丈母娘撒泼，把您的幸福赶到九霄云外，那您又如何去创造幸福呢？什么事情都要靠运气。如果这时遇到车祸，就不是那么回事了。"

"瞎说！"新郎反驳道，"车祸一年只有一次。我不担心车祸，有什么根据呢？车祸是一种例外！那是杞人忧天！我不想说这个事儿！哦，估计快要到站了。"

"您现在要到哪里去啊？"彼得问道，"莫斯科，或者南方什么地方？"

"哎，上帝保佑您！这是往北方，如何能到南方呢？"

"可是莫斯科不在北方啊。"

"这我知道，我们是去彼得堡！"伊万说道。

"我们是去莫斯科，饶了我们吧！"

"莫斯科？什么意思？"新郎惊讶地问道。

"奇怪……您到哪儿下车？"

"彼得堡。"

"那我得恭喜您了。您搭错车了。"

大家沉默了一会儿。新郎站起来，目瞪口呆地看着大家。

"是啊，"彼得解释道，"在包洛果耶车站，您肯定上错车了……您喝了酒，然后就钻进这趟车了。"

伊万脸色苍白，抓住头皮，在车厢里急匆匆地来回踱步。

"哎，我这个大傻瓜！"他愤愤地说道，"我这个浑蛋，活该倒霉！怎么办？要知道，我老婆还在那列火车上！她孤零零地等着我，一定很焦急！哎，十足的浑蛋！"

新郎倒在座位上，蜷缩着身子，好像有人踩到了他脚上的鸡眼。

"我是个不幸的人！"他喃喃地说道，"怎么办？怎么办？"

"得了，得了！"乘客们试图安慰他，"没事的……您给您老婆拍封电报，然后再换乘开往彼得堡的快车，就能追上她了。"

"彼得堡快车！"这个创造自己幸福的新郎哭泣道，"可是如何才能买到车票啊？我的钱全部都在她身上！"

乘客们大笑起来，交头接耳，凑了一些钱，然后递给幸福的人。

关于爱情

"思考爱情时，超越幸福或痛苦，超越罪戾或美德，要么什么也不想。"

第二天午餐有小馅儿饼、虾、羊肉排，十分可口。我们正吃着，厨师尼卡诺尔走上来，问大家晚饭想吃什么。他中等身材，圆胖脸，小眼睛，唇髭刮得精光，似乎连根拔起。阿廖欣说漂亮的佩拉格娅爱上了厨师。尼卡诺尔喜欢喝酒，脾气暴躁。佩拉格娅不想嫁给他，却愿意住在一起，虽然没有什么名分。他很虔诚，宗教信仰不允许他未婚同居。他要佩拉格娅嫁给他，否则一切免谈。尼卡诺尔一旦喝了酒，就会骂她，甚至打她。要是他喝醉了，佩拉格娅就会躲到楼上哭泣。这时，阿廖欣和仆人们就会待在家里，随时准备保护她。

　　大家开始谈论爱情。

　　"爱情是如何产生的？"阿廖欣说道，"为什么佩拉格娅不爱别人，内外兼修如她本人，却偏偏爱上丑八怪尼卡诺尔？个人幸福对爱情究竟有多重要？这些只能仁者见仁、智者见智。'爱情是个谜'，只有这句话才是真理。此外，无论人们说什么、写什么，都不是最终结论，只是提出没有答案的问题而已。一种解释似乎适合一种情况，却无法推而广之。我认为，最好有一把万能钥匙，无需概括归纳。正如医生说的那样，我们都要因人而异。"

"完全正确。"布尔金说道。

"我们这些读过书的俄罗斯人，对没有答案的问题总有一种偏爱，常常为爱情赋予诗意，饰以玫瑰和夜莺，用关键问题来装点爱情，但是选择的问题却最无聊。在莫斯科读大学时，我和一个漂亮女人同居。每次我搂着她时，这个女人却在想我一个月会给她多少钱，牛肉价格是多少。我们恋爱时，总是不厌其烦地问自己：这样做是否体面？是否明智？恋爱会有什么结果？等等。爱情是好是坏，我不知道。但我知道它总是差强人意，让人烦恼。"

似乎他要讲故事了。生活孤独的人，总想找人倾诉。城里的单身汉去澡堂或下馆子，无非就是想找人说话，有时跟服务员聊聊逸闻趣事。在乡村，他们照例和客人说心里话。这会儿，从窗外望去，雨天灰蒙蒙的，树木湿漉漉的。这样的天气，哪里也去不了，事情也做不了，只能侃大山。

"大学毕业后，我一直住在索菲诺，"阿廖欣开了头，"从事农业劳动很长时间了。本来我应该是一名绅士，可以悠闲自在地做学问。然而当我来到这里，父亲经营田庄欠了一大笔债，部分原因是我读书用了很多钱，所以我决定留下来，努力工作，还清债务。老实说，做这样的决定并不轻松。这里土地产量不高，要想搞农业又不赔钱，就得使用农奴或雇工，他们几乎没有什么区别。或者和农民一样，亲自动手，全家动员。中间道路是没有的。不过那时，我可没有想这么多。所有土地都种上庄稼，我把附近村庄的农民——无论男女——都找来，工作节奏确实很快。我也耕地、播种、收割，很厌倦，也很烦恼，就像一只猫，饿得发慌，溜进菜园偷吃黄瓜一样。我浑身酸痛，一边走路，一边打瞌睡。劳动生活与文明习惯，一开始，似乎我还能轻松协调。我在想，做到这一点，生活有条不紊就可以了。我待在楼上正房里，午饭晚饭后，吩咐仆人给我上咖啡和蜜酒。每天晚上，我躺在床上看《欧洲通报》[1]。可是有一天，教士伊万神父过来，把我的蜜酒喝光了，他的女儿还把《欧洲通报》拿走了。夏天，尤其是割草晒草时，我根本没有工夫睡觉，只能在谷仓里的雪橇上或者守林人的小屋里躺一会儿。哪里还有时间看书？慢慢地，我搬到楼下住，开始在厨房里吃饭。以前的惬意生活一去不复返了，只留下当年伺候父亲的仆人，我不忍心辞退他们。"

"在这里没住几年，我被选为荣誉调解法官。我得去城里参加调解法官会审法庭和地方法庭的审讯，借此机会可以出去散散心。如果在这里连续几个月不出门，尤其是冬天，就希望穿上法袍执行公务。地方法院有礼服、制服和燕尾服，所有律师都接受过普通教育。可以找人聊天。平时躺在雪橇上睡觉，在厨房里吃

---

[1] 当时在彼得堡出版的一种俄国资产阶级自由派文学与政治月刊。

饭。突然坐在圈椅里，身穿干净衣服，脚蹬薄靴子，马甲挂着表链，那是多么惬意啊！"

"在城里，人们盛情款待我。我也渴望交朋友。实话实说，地方法庭副庭长卢加诺维奇和我交情最好，最合得来。他很帅气，你俩都认识。我们是审完纵火案后认识的。前期调查持续了两天时间，我们都很累。卢加诺维奇看着我，说道：

"'听我说，到我家去吃饭吧。'

"真是意想不到，毕竟我和他还不熟，只有公务往来。我还从来没有去过他家。我回到旅馆，换了一身衣服，然后去他家吃晚饭。在那儿，我认识了卢加诺维奇的妻子安娜·阿列克塞耶夫娜。那时，她还年轻，不过二十二岁，半年前刚生下第一个孩子。这些都过去了。她究竟哪里与众不同？哪一点让我如此着迷？如今，我也很难说清。当时正在吃饭，我记得很清楚。她年轻、漂亮、善良、聪明、迷人，我从来没有见过这样的女人。那一刻，我觉得她似曾相识、神交已久，仿佛那张脸、那双热情聪慧的眼睛，我小时候在母亲抽屉里的相册里见过。

"'纵火案判定四个犹太人为抢劫团伙。我认为没有根据。'用餐时，我很激动，有点痛心。我不知道当时说了些什么，但是安娜一直摇头，对她丈夫说：

"'德米特里，怎么会这样？'

"卢加诺维奇是个好人，很单纯。但他坚信人一旦受审，必定有罪，除了按照法定手续提出书面异议，任何人都不能对判决结果是否正确提出质疑，吃饭时、私下闲谈时也不可以。

"'你我都没有放火，'他温和地说道，'所以我们没有受审，也没有进监狱。'

"夫妇俩很好客，总是要我多吃一点，多喝一点；从一些小事，比如两人一起煮咖啡，彼此心领神会，我能看出他们很融洽、很和睦。晚饭后，他俩一起弹钢琴。天黑了，我回家。那还是早春时节。

"后来整个夏天，我都在索菲诺，没有出门。我没有时间进城，但是那个优雅的金发女人却总是浮现在我的脑海里；我没有刻意去想她，可是她的身影却在我心里挥之不去。

"到了晚秋，城里举行了一次慈善事业公益演出。幕间休息时，我受邀进入省长包厢，看见安娜坐在省长夫人旁边。甜美的脸蛋、爱抚的眼神，那样摄人心魂，让人无法抗拒。我们坐在一起，然后走进休息室。

"'您瘦了，'她说道，'您生病了吗？'

"'是的，肩膀有风湿，下雨天就睡不好觉。'

"'您好像没有精神。春天过来吃饭的时候，您多年轻多自信啊。那时，您精神焕发，说了很多，很有意思。老实说，我还有点激动呢。夏天老是想起您。今天我动身来这里，就觉得会见到您。'

"说着，她笑了。

"'可是今天，您好像没有精神，'她又说了一遍，'您苍老了很多。'

"第二天，我在卢加诺维奇家里吃午饭。然后他们坐车去夏季别墅，为过冬做准备。我也同行，然后回到城里。午夜，大家一起喝茶，他们家很安静，壁炉生了火，年轻的母亲总是走过去看看女婴睡着了没有。自那以后，我每次进城都会去看望他们。大家也习惯了。照例我不宣而入，似乎成了他们家的一员。

"'谁啊？'远处房间传来慵懒的声音，让人心醉。

"'是帕维尔·康斯坦丁诺维奇。'女仆或者保姆回答道。

"安娜出来见我，总是带着忧虑的神色。每次都会问：

"'怎么这么长时间都没有过来啊？出什么事儿了？'

"纤纤玉手、明眸善睐，她身着居家连衣裙，她的发型、声音和脚步，永驻我心，此生难忘。有时，我们一起侃侃而谈；有时，我们各自沉默思考；有时，她弹着钢琴，我侧耳倾听。如果他俩都不在家，我会留下来等他们，和保姆闲谈，和孩子一起玩耍，或者躺在书房里看书。安娜回来，我去前厅迎接她，帮她拿东西。每次接过来，我感觉自己就像小孩一样，充满爱意，却很庄重。

"俗话说：农妇没有操心事，就会买只小猪来折腾。卢加诺维奇一家人没有操心事，所以和我交朋友。如果我没进城，肯定

是我生病了，或者出了什么事，他们很牵挂。他俩觉得，我毕竟
受过教育，通晓几门语言，应该从事科学或文学工作，而不是
住在乡下，像松鼠踩着轮子忙个不停，却一文不名。他们认为我
不开心，即使我说说笑笑、吃吃喝喝，那也只是在掩饰自己的痛
苦。即使我心情舒畅，他们似乎也在纳闷。我真的很沮丧时，债
主逼我还债时，或者钱不够还利息时，他们会伸出援手，特别让
人感动。这时，夫妇俩站在窗边，窃窃私语，然后他走到我面
前，满脸严肃地说：

"'帕维尔，如果您缺钱，千万不要客气，拿去用吧。'

"他耳朵都涨红了。有一次，他和妻子在窗边商量一阵，走
到我面前，涨红了耳朵，对我说：

"'我们恳请您收下这份礼物。'

"他递给我一副袖扣、一个烟盒，或者一盏灯。我从乡下给
他们送来野味、牛油和鲜花。那时，我经常借钱，不管是谁，能
借就行。虽然卢加诺维奇夫妇很有钱，但是无论如何，我都没法
开口向他们借钱。为什么要说这些呢！

"我并不开心。无论在家中、在田间，还是在谷仓里，我总
是想着安娜。我很纳闷：一个年轻、漂亮、聪慧的女人怎么会嫁
给一个无聊的老头儿（她丈夫四十多岁了），还给他生了孩子。
卢加诺维奇善良单纯，却很无趣，说话在理，却很乏味；晚会上
总是凑近那些端庄稳重的人，自己倒是没精打采的，好像纯属多

余，表情恭顺，却很冷漠，似乎要把自己卖给谁一样；他坚信本人有权享受幸福，有权让安娜生孩子。我也很纳闷：为什么安娜先遇见他，而不是先遇见我，人生为什么会出现这种错误。

"每次进城去他们家，安娜的眼神分明告诉我，她在等我；她说那一整天，自己都会有一种直觉，猜想我要去看她。我们会说很久，也会沉默很久，两人都没有向对方表白，心照不宣，有点胆怯，也有点顾忌。我们害怕泄露彼此的秘密。我爱她，情真意切，却追问自己：如果没有力量去抗争，我们的爱情会走向何方。虽然它如此平和，如此悲伤，但是却能立刻破坏一个家庭的幸福生活，实在难以想象，何况他们那么信任我。这样做得体吗？她会跟我走，可是能去哪儿呢？我又能带她去哪儿呢？如果我的生活幸福美满，如果我为祖国解放而战斗，如果我是一位闻名遐迩的科学家、艺术家或画家，那倒另当别论。可我只能让她换一种平庸的生活方式，或许还会更糟。我们的幸福究竟能维持多久？如果我生病了，死去了，或者我们彼此不再相爱，那她又该怎么办？

"她显然也在这么想。她想到自己的丈夫、孩子，还有视婿如子的母亲。如果她放任自己的感情，要么就得撒谎，要么实话实说。这两种情况都很麻烦，结局都很糟糕。还有一个问题在折磨她：她的爱情会给我带来幸福吗？她是否会让我的生活更加复杂？何况当时我过得十分艰辛，麻烦不断。她认为自己并不年轻，和我也不般配。她不够勤奋，精力有限，很难开始一种新的生活。她经常对她丈夫说，我最好娶一个聪明、能干、贤惠的姑娘，做我的好帮手。不过她又说，全城也未必能找到这样的姑娘。

"几年过去了，安娜有两个孩子了。每次去看望他们，仆人总是热情洋溢、满面春风地接待我。孩子们嚷着说帕维尔叔叔来了，然后搂住我的脖子，大家都很高兴。他们不明白我的感受，以为我很开心。大家都认为我不庸俗。大人也好，小孩也好，都认为进出房间的这位客人很高尚，似乎大家待人接物也平添了一份特殊魅力，好像因为我的到来，他们的生活才变得更纯粹、更美好。我和安娜经常一起去看戏，每次都是步行到剧院；我们并肩坐在一起，我默默地从她的手里接过望远镜。那一刻，我感觉她好亲近，感觉她属于我。似乎没有对方，我们都活不下去。可是一旦走出剧院，我们却总是像陌生人一样道别，生怕别人误解。城里人对我们评头论足、议论纷纷，天知道他们说了些什么。不过，没有哪句话是真的。

"后来，安娜经常出去看望母亲或妹妹。她开始受到情绪低落的困扰，意识到生活也并不如意。有时，她不想看到丈夫和孩子。她有神经衰弱症，开始接受治疗。

"我们沉默着。有外人时，她对我很反感。不管我说什么，她都反对。如果我和别人争论，她不会站在我这一边。如果我丢了东西，她会冷冷地说：

"'恭喜您。'

"如果去剧院，我忘了带望远镜，她事后会说：

"'我就知道您不会带。'

"我们的一切早晚都会结束，这究竟是幸运还是不幸呢？离别的时候到了，卢加诺维奇调任西部某省法庭庭长。家具、马车和别墅都要卖掉。他们乘车离开别墅，最后一次看他们的花园和绿色屋顶时，大家都很伤感。我知道我不仅仅是在告别这栋别墅。我们安排八月底送别安娜，医生要她去克里米亚[1]，然后卢加诺维奇和孩子们启程前往西部某省。

"我们一群人都去送别安娜。她和丈夫孩子告别后，离第三次铃声响起还有一分钟，我跑进她的包厢，把一个篮子放到行李架上，她差点忘记了这件事儿。我也要和她道别。在包厢里，我们的目光交织在一起，内心如洪水决堤、一泻千里。我紧紧搂住她，她把脸贴在我的胸前，眼泪夺眶而出。我吻她的脸，吻她的肩，还有她那沾满泪水的手，我们是多么不幸！我向她表白爱情，内心痛苦得就像火焰在燃烧。是什么妨碍我们相爱？我才意识到那些是多么微不足道，骗人而已，又有什么必要。我终于明白：如果爱一个人，在思考爱情时，就得超越一切，超越幸福或

_____

[1] 位于黑海，是一处疗养地。

痛苦，超越罪戾或美德，要么什么也不想。

"我最后一次吻她，握住她的手，然后永别。火车已经出发了。我走进隔壁包间，里面没人。我坐在那里，一直哭到在下一站下车，然后我步行回到索菲诺村……"

阿廖欣说话的时候，雨已经停了，太阳也出来了。布尔金和伊万走出房间，站在阳台上。眼前的花园和磨坊水塘美不胜收，水面映着阳光，熠熠生辉。他们一边欣赏美景，一边为阿廖欣惋惜。他的眼神充满了善良和智慧，他坦诚地和大家说起自己的往事。他整天围着田庄，忙得团团转，就像松鼠踩着轮子，停不下来，却没有从事科学或其他工作，那样的生活本来应该更幸福。他们在想，阿廖欣和安娜告别，吻她的脸，吻她的肩，那一刻，她是多么忧伤。两人在城里都见过安娜。布尔金认识安娜，认为她确实很美。

作　弄

"那句话不可能是风说的！我也不希望是风说的！"究竟是谁在向她表白？她不知道。

冬天一个晴朗的中午，大地冻得咯吱作响。娜坚卡[1]挽着我的胳膊，站在高山上。她的两鬓鬈发和上唇茸毛覆着一层银霜，脚蹬一双小套靴。面前是一道光滑的斜坡，就像一面镜子，反射着阳光。旁边有个小雪橇，上面蒙着猩红色的呢子套。

"我们滑雪橇吧，娜杰日达·彼得罗夫娜！"我央求道，"就一次，我保证，肯定没事，不会受伤的。"

但是娜坚卡很害怕，在她看来，冰山脚下就是万丈深渊。我示意她坐上雪橇，她屏住呼吸，往下一看，早已魂飞魄散。要是她真冒险坐着雪橇冲到山脚下，又会怎样呢？说不定她会吓死，会发疯。

"我求您啦！不用怕，要知道，您这是胆小懦弱的表现！"

娜坚卡最后答应了。不过看得出来，那可是冒着生命危险才答应的。我扶着娜坚卡坐上了雪橇，她面色苍白、浑身发抖。我伸出一只胳膊搂住她，然后一起冲下悬崖。

---

[1] 娜杰日达爱称。

雪橇像子弹一样飞出去。风咆哮着，像无数支利箭射在脸上，在耳边呼啸，撕扯着我们，似乎要拧断我们的脖子，让人无法呼吸。仿佛一个魔鬼在怒吼，伸出爪子，把我们拖入十八层地狱。周围就像一条飞奔的飘带，再过一会儿，我们似乎就要粉身碎骨了。

　　"我爱你，娜佳[1]！"我低声说道。

　　雪橇开始减速，风的咆哮声和滑木的沙沙声再也没有那么可怕了，我们的呼吸也没有那么困难了。终于滑到了山脚下。娜坚卡已经半死不活，脸色苍白，还没有透过气。我扶着她站起来。

　　"我再也不坐雪橇了，不管什么理由，"她睁大眼睛，充满恐惧地看着我，"说什么也不干了，吓死人了。"

　　过了一会儿，她回过神来，打量着我，满脸困惑：那句话是我说的吗？还是一阵急风骤雨，是否是她一时听错了呢？

　　而我，却站在她旁边，一边抽烟，一边盯着自己的手套，目不转睛。

　　她挽着我的胳膊，一起在冰山附近溜达了很久。显然，这个谜团让她心神不宁……那句话究竟说了没有？说了还是没说？这事关她的自尊、荣誉和人生，世界上再也没有比这更重要的了。娜坚卡一直看着我，眼神犀利，急切而忧郁。她漫不经心地回答

---

[1] 娜杰日达爱称。

我，看看我还会不会说那句话。那张可爱的脸啊，真是写满了阴晴圆缺。我看得出，她的内心在挣扎，想要说什么，想问一问，却说不出口。她很尴尬，内心的喜悦既让她恐惧，又让她烦恼。

"您猜……"她说着，却没有看我。

"嗯？"我问道。

"再来一次吧。"

我们沿着阶梯，又爬到山顶。娜坚卡坐上雪橇，面色苍白、浑身发抖。我们又冲下来，风咆哮着，滑木沙沙作响。在雪橇冲得最快，四周最嘈杂的时候，我又低声说道：

"我爱你，娜佳！"

雪橇停稳后，娜坚卡猛地望了一下刚刚滑下来的山坡，然后又长时间地看着我，倾听我漫不经心、毫无激情的话语。她弱小的身躯，每个细胞，甚至她的皮手笼和风帽都很迷茫。她满脸困惑："这是怎么回事？是谁说了那句话？是他吗？还是我听错了？"

她半信半疑，焦虑不安，失去了全部耐心。

"我们要不回家吧？"我问道。

可怜的女孩并不回答我的问题，皱着眉头，快要流泪。

"可是我……我喜欢滑雪橇，"她红着脸说，"要不，再来一次？"

她"喜欢"滑雪橇。话虽如此，但是一坐上雪橇，她又和前两次一样，面色苍白、浑身发抖，吓得透不过气来。

我们第三次冲下山坡，她看着我的脸，盯住我的嘴唇。可是我却拿出手绢，捂在嘴上咳嗽。雪橇滑到半山腰，我又低声说道：

"我爱你，娜佳！"

谜团还是没有解开。娜坚卡默默无语、心事重重……我送她回家，她试图放慢脚步，一直等着，看我还会不会对她说那句话。看得出，她的内心饱受煎熬，尽力克制，不会自言自语："那句话不可能是风说的！我也不希望是风说的！"

第二天上午，我收到一张留言条：

"如果您今天去滑雪橇，来喊我。——娜。"

从那时起，我们每天都去滑雪橇。每次冲到半山腰，我都会低声说那句话："我爱你，娜佳！"

很快，娜坚卡习惯了，就像酗酒或服吗啡一样上了瘾。没有那句话，她似乎就活不下去。当然，坐着雪橇冲下冰山，还是让她非常恐惧。但是这种恐惧和危险，却让爱的风语平添了几分魔力，那句话依旧是个谜，搅动着她的内心世界。是我，还是风？究竟是谁在向她表白？她不知道，不过她好像也不在乎。只要美酒能醉人，哪个酒杯都一样。

刚好一天中午，我一个人去溜冰场。在人群里，我看见娜坚卡往山上走，她环顾四周，到处找我……后来，她胆怯地爬上阶梯……她害怕一个人坐雪橇，真的很害怕！她洁白如雪、浑身发抖，一步一步往上爬，就像上刑场一样，但她却义无反顾。显然，她下定了决心，最后看看我不在的时候，能不能听见那句令人惊喜而又甜蜜的情话。她脸色苍白，恐惧地张开了嘴。她坐上雪橇，紧闭双眼，似乎在向世人告别……小雪橇风驰电掣，滑木发出沙沙声。我不知道，娜坚卡是否听见了那句话。我只是看见她从雪橇上站起来，十分虚弱、十分疲惫。她满脸困惑，自己也不知道到底听到了什么。冲下山坡带来的恐惧让她的听觉、辨音和理解能力丧失殆尽。

转眼间，春天来了，三月的阳光和煦而温暖……那座冰山越来越黯淡，失去了光泽，最后融化了。我们不能去滑冰了。可怜的娜坚卡，能到哪里去听那句话呢？何况也没有人会说那句话，因为没有风了，我也准备去彼得堡，要很长时间，或许一直留在那里。

动身的前两天，日近黄昏，我坐在小花园里。隔着一道很高的篱笆墙，是娜坚卡家的院子……天气很冷，粪堆旁有积雪，树木还没有发芽，但是已经有了春天的气息。白嘴鸦叽叽喳喳，停在树上，准备过夜。我走近篱笆，透过缝隙看了很久。娜坚卡走出屋子，进入门廊。她仰望天空，神情沮丧……春风吹拂在她那苍白忧郁的脸上，却让她想起滑雪橇时呼啸的狂风，还有风中那句情话。她的面容显得更加幽怨，一滴眼泪顺着脸颊淌下来。可怜的女孩，伸出双手，仿佛在祈祷春风给她送来风语。我不失时机地低声喊道：

"我爱你，娜佳！"

天啦！娜坚卡一阵惊喜。她喊了起来，满脸微笑、美丽动人，迎着风儿，伸出双手，又高兴，又快乐。

我转身去收拾行李了……

那是很久以前的事情。如今，娜坚卡已经结婚了，究竟是不是自己的选择，这不太重要。她的丈夫是贵族监护会秘书，现在有了三个孩子。至于以前我们一起滑雪橇，还有"我爱你，娜佳"，她都没有忘记，那是她一生最幸福、最触动心弦的美好回忆。

我呢，已不再年轻，但是我不明白当初为什么要说那句话，为什么要作弄她……